REMISE

EN JEU

REMISE EN JEU

Les Lions de Denver

EMILY SILVER

Interférence

Interférence

Infraction sur la ligne de touche :

Un joueur se trouve en dehors de sa zone de jeu, un coach
est en dehors de la zone réservée au coach (le long de la
ligne de touche, devant la zone de jeu) ou trop de coachs se
trouvent dans la zone réservée aux coachs.

Chapitre Un

ALEX

— **N**oir cinquante-deux. Noir cinquante-deux. *Set, hike* [1]!

Il lance la balle et celle-ci atterrit entre mes doigts avec un angle parfait. En balayant le terrain du regard, je m'aperçois que Colin est exactement là où je l'attendais. En courant en arrière, je lance le ballon à environ vingt yards plus loin sur le terrain.

Il exerce une spirale parfaite et atterrit pile entre les mains de Colin. Il n'est plus qu'une image floue alors qu'il se précipite dans la zone d'en-but.

— Oui, putain ! C'était parfait ça, Young !

Notre centre, Kelly, me tape sur le casque.

— C'était magnifique, hein ? dis-je en riant avant de courir vers les lignes de touche.

Même après six ans de carrière, voir la passe parfaite atteindre sa cible est un sentiment toujours aussi agréable.

— Putain, Alex. On a l'air nuls à côté, plaisante Knox sur la ligne de touche en buvant de l'eau.

C'est la première semaine au camp d'entraînement et le moral est au beau fixe. On est excités d'être de retour cette année. Après une défaite difficile en playoffs[2], tout le monde est prêt à aller très loin cette saison.

— Peut-être que si tu savais vraiment réaliser un blocage, tu aurais pu m'arrêter, plaisante Colin en revenant sur la ligne de touche.

— Va te faire voir, mec. Si je te faisais vraiment un blocage, tu ne comprendrais plus rien.

Buvant mon eau, j'écoute ces deux-là se chamailler. C'est ce qui m'a le plus manqué pendant l'intersaison.

Certes, il y a les entraînements et les activités en équipe, mais ça ne vaut pas ça : jouer et s'entraîner ensemble.

Je vis pour ça.

— Tu ferais mieux de bosser sur ton blocage, Fisher. On aurait bien besoin d'un peu plus de puissance, dit Frankie sans détour en se dirigeant vers la défense.

— Mec. Qu'est-ce qu'on a dit sur le fait de ne pas être dans son viseur ? dis-je en tapotant ses épaulières. Elle risque de t'envoyer sur le banc si tu ne fais pas attention.

Il se jette de l'eau sur la tête pour se rafraîchir sous cette chaleur de fin d'été.

— Je pourrais trouver un moyen d'établir la paix dans le monde qu'elle serait quand même en colère contre moi.

— Heureusement qu'elle ne s'en prend pas à moi. Je ne suis pas sûr de pouvoir enchaîner une autre session d'entraînement comme toi.

En vidant mon eau, je jette ma gourde sur le banc et retourne sur le terrain.

Knox nous fait un doigt d'honneur alors que nous revenons tous pour le caucus[3].

— Ok, les gars. Arrêtez de bavarder. Il est temps de se remettre à jouer.

Putain, j'adore le football.

— Y en a qui sont partants pour aller boire un verre ?

En enlevant mon tee-shirt, je lève la tête et aperçois quatre paires d'yeux qui me fixent. Comme s'ils avaient déjà eu cette discussion et qu'ils ne savaient pas qui allait me l'annoncer.

— Désolé, mec. Noah a encore des coliques alors je rentre à la maison pour donner un coup de main, me dit Jackson avec un sourire gêné.

En tant que nouveau papa, s'il n'est pas à l'entraînement, il est à la maison. Ce gamin le tient par le bout du nez.

— Avec un peu de chance, je vais voir Audrey ce soir, dit Logan avec un air hébété.

— Tu la vois toujours ? je demande en sortant mon sac de mon casier.

— Ben, elle ne m'a pas encore largué en tout cas.

— Comment une fille aussi belle peut avoir envie d'être avec une mocheté comme toi, je ne comprends pas.

Knox ébouriffe les cheveux de Logan qui tente de le repousser.

— Et vous deux ? dis-je en désignant Knox et Colin du doigt.

Knox secoue la tête.

— Je ne peux pas. J'ai prévu de battre ma grand-mère au bridge ce soir.

— Et le bingo alors ? demande Colin.

— Le bingo c'est devenu un peu trop intense. On leur a dit qu'ils ne pouvaient plus l'autoriser après un nez ensanglanté.

Colin éclate de rire.

— Putain. J'adore Darlene. Il faut que j'aille lui rendre visite.

— Emmène Peyton. Elle va l'adorer, dit Knox en le pointant du doigt.

— Hors de question. Darlene va la convaincre de se liguer contre moi.

Je lève les yeux au ciel.

— Franchement. Comme si elle avait besoin de trouver une raison, dis-je avant de donner un coup de coude à Colin. Et toi, ça te dit d'aller boire un verre ?

En fouillant dans son casier, Colin sort notre fidèle bouteille de bourbon et deux gobelets en plastique.

— Et si on allait boire un verre sur le terrain ?

Je prends le gobelet qui m'est proposé.

— Ça me va.

En cette fin d'après-midi, le terrain d'entraînement est désert. Le soleil s'est lentement rapproché des montagnes, mais la chaleur de la journée est toujours aussi intense.

— T'as pas envie d'être seul ce soir ? demande Colin en se laissant retomber sur le logo du Mountain Lion au centre du terrain.

— Non. J'ai un trop plein d'énergie avec notre premier match de présaison qui arrive.

Je n'ai pas envie de lui avouer la vraie raison pour laquelle je ne veux pas rentrer chez moi.

— Tampa Bay sera une bonne équipe cette année. Tu penses qu'ils vont aller jusqu'au bout ?

— J'espère pas.

— Mon Dieu, on est si proches. Si on perd encore contre Vegas, je vais être furieux.

— On est la meilleure équipe, de loin.

Colin boit à petites gorgées et s'appuie sur ses coudes en observant le terrain.

— Et pourtant, on n'arrive toujours pas à se qualifier pour le grand match.

— Ça va finir par arriver. Je le sens.

C'est une question qui taraude les Mountain Lions depuis quelques années. Nous avons l'équipe et le talent. Mais nous n'arrivons pas à franchir le dernier obstacle.

Tous les analystes sportifs se demandent si nous sommes capables d'aller plus loin. Si *moi* j'ai assez de talent pour gagner le grand match.

Je déteste qu'on me mette à l'écart. C'est un sport d'équipe, mais tout le poids repose sur mes épaules. Si je ne joue pas très bien et qu'on perd, c'est moi que l'on accuse.

Comme lorsque nous avons perdu au premier tour des playoffs l'an dernier.

— Qui vous a laissé ici sans surveillance ? dit Peyton en s'avançant vers nous.

Le visage de Colin s'illumine en la voyant.

— Je croyais que tu étais rentrée à la maison.

En attrapant sa main, il l'attire à côté de lui et l'embrasse.

Je détourne le regard et observe les montagnes au loin.

Voilà. C'est pour ça que je ne voulais pas rentrer chez moi.

Le silence étouffant de la solitude. Je n'ai personne à retrouver. Et maintenant que les gars se mettent en couple, le temps que je passe seul durant la saison augmente. À force de regarder tous les films de la terre, je finis par devenir fou.

Et je déteste ça, putain.

— Comment s'est passé l'entraînement aujourd'hui ?

— Colin a fait une belle prise. Je pense qu'on est pas mal.

Je vide le reste de ma boisson et en reprends, ne voulant pas me laisser abattre.

— Tu aurais dû voir sa passe, Rocky. C'était magnifique.

Peyton me sourit.

— Je sais. On a le meilleur duo quarterback-receveur de la ligue.

— Tu dis ça parce que tu sors avec lui, dis-je en refusant son compliment.

— Tu ne me connais pas bien si tu crois que je ne le jugerais jamais, dit Peyton en haussant les sourcils.

— C'est vrai, mec, acquiesce Colin. Qui d'autre qu'elle peut me dire ce que je fais mal ?

Je hausse les épaules.

— Et ton coach ?

— Arrête. Il est trop gentil. J'ai besoin de retours un peu plus sévères.

Peyton lui donne une petite tape sur l'épaule.

— Hé, je ne suis pas sévère.

— Mais j'aime bien comment tu me réconfortes après, dit-il en ondulant des sourcils dans sa direction.

— Je vous dirais bien d'aller à hôtel, mais je pense que vous le prendriez vraiment au pied de la lettre.

— Tu passes à côté d'un truc, Alex, dit Colin sans me regarder.

Depuis qu'il s'est remis avec Peyton, Colin est devenu complètement fleur bleue. Je ne pensais pas le voir un jour tomber amoureux, mais ces deux-là ne pourraient pas être plus parfaits l'un pour l'autre.

— Peut-être que Darlene pourrait t'arranger un coup, dit Peyton avec un sourire identique à celui de Colin.

Elle est tout aussi heureuse avec lui. Et comme Colin est mon ami le plus proche dans l'équipe, Peyton et moi sommes aussi devenus amis ces derniers mois.

— Je ne pense pas que Darlene puisse trouver quelqu'un qui corresponde à mes goûts.

Colin et Peyton commencent à parler entre eux, imaginant ce que serait pour moi la femme parfaite.

Sauf qu'ils sont tellement à côté de la plaque que ce n'est même pas drôle.

Parce que la personne idéale pour moi n'est pas une femme.

C'est d'ailleurs la raison pour laquelle je garde ma vie privée si secrète. C'est pourquoi je me limite à des rencontres hors-saison dans des endroits où personne ne me connaît.

Car si jamais quelqu'un apprenait que je suis gay, mon avenir au sein de la NFL s'envolerait en un clin d'œil.

Et ce n'est pas quelque chose que je suis prêt à abandonner.

Je les laisse spéculer en sirotant mon verre, ne supportant pas de leur mentir.

Mais c'est la seule façon pour moi de continuer d'avancer.

Vers mon objectif qui est de gagner le Super Bowl.

Un homme arrivera sans doute plus tard.

Je l'espère.

Chapitre Deux

CARTER

— **M**onsieur Brook. Je peux vous parler ? demande madame Phillips en pointant le bout de son nez dans la salle de classe.

« Oh, oh. Il y en a un qui va avoir des ennuis », j'entends au fond de la classe.

— D'accord. Continuez de travailler sur votre devoir et je reviens dans une minute, dis-je en agitant la main en direction des élèves avant de retrouver ma supérieure dans le couloir.

— Désolée d'interrompre votre cours, mais je voulais juste faire le point sur le projet semestriel de votre classe. Je serai en congé dans quelques jours et je voulais m'assurer que tout soit prêt pour mon remplaçant, dit-elle en frottant son ventre arrondi de femme enceinte.

— J'ai quelques idées en tête.

J'adore enseigner. Cela fait partie de mes passions. Mais ça, c'est la partie que je déteste. Devoir respecter certaines normes et m'assurer qu'elles soient bien transmises tout en haut de la chaîne alimentaire.

— Assurez-vous de me le remettre pour vendredi, s'il

vous plaît, dit-elle en me tapotant le bras avant de partir en se dandinant dans le couloir.

J'essaie de trouver un projet qui donnera à mes élèves de statistiques l'envie d'apprendre. Mais je ne trouve rien.

En ouvrant la porte, j'entends soudain des mots que je n'aurais jamais cru entendre dans cette ville.

— Les Mountain Lions sont super nuls.

— Hé, tu ne peux pas dire ça !

— Mais c'est vrai.

— C'est toi qui es nul !

— Super ta répartie.

Oh, putain.

— Les gars, qu'est-ce qui se passe là ?

Tout le monde a les yeux rivés sur deux étudiants qui se chamaillent à propos de l'équipe de foot.

— Austin a dit que les Mountain Lions étaient nuls ! répond Gabe dans la précipitation.

— C'est parce que c'est vrai, monsieur Brook, dit Austin en me jetant un regard noir, me mettant au défi de contester ses propos.

— Et pourquoi tu dis ça ?

Croisant les bras, j'attends sa réponse.

— D'après leur ratio victoires/défaites des dernières années et les statistiques générales de l'équipe, ils auraient déjà dû gagner au moins un Super Bowl.

— Tu as étudié les statistiques des équipes qui ont gagné ?

Austin acquiesce vigoureusement.

— Oui. Leurs statistiques ne sont pas aussi bonnes. Denver a la meilleure équipe. Pourquoi est-ce qu'ils ne gagnent pas ?

— C'est ce que vous souhaitiez qu'on comprenne avec ce devoir ? demande Gabe.

Je me mets à rire.

— Que vous me disiez que les Mountain Lions sont nuls ? Pas, de cette façon, non.

Gabe tape le bras d'Austin.

— Tu vois ? Tu ne peux pas continuer à dire ça.

— Si c'est vrai, si.

— Alors pourquoi vous nous avez demandé de faire ce devoir ?! crie quelqu'un au fond de la classe.

Ah, les joies d'être un professeur de lycée.

La moitié du temps, j'ai énormément de mal à faire en sorte qu'ils m'écoutent. Et l'autre partie du temps, ils sont hypnotisés par leur portable et les derniers buzz sur les réseaux sociaux.

Les chiffres ? Oui, ça, je comprends.

Mais les problèmes des lycéens de nos jours, pas vraiment.

— L'idée était de comprendre l'utilisation pratique des statistiques dans la vie de tous les jours, je leur explique.

— Tout le monde connaît le football.

— Moi je n'aime pas vraiment le football, monsieur Brook, dit Lucy d'une petite voix au premier rang.

Les élèves comme elle sont les plus faciles – ils font toujours leurs devoirs et ne se plaignent jamais.

— Tu ne rates pas grand-chose, Lucy. Moi qui suis fan des Mountain Lions, je peux t'assurer qu'ils sont nuls. Tu devrais plutôt soutenir Vegas, ajoute Austin.

— Mec ! C'est encore pire que de dire que les Mountain Lions sont nuls, siffle Gabe. Personne n'aime Vegas.

— Tu peux arrêter de dire qu'ils sont nuls ? je demande à Austin.

—Je ne fais que suivre la consigne du devoir.

Une idée me traverse soudain l'esprit. Une idée qui correspondrait au projet semestriel et offrirait à ces jeunes une expérience unique.

— Vous voulez voir vos statistiques en action ?

— Qu'est-ce que vous voulez dire, monsieur Brook ?

— Au lieu de simplement se limiter aux statistiques, pourquoi est-ce qu'on n'irait pas voir l'équipe de football en personne ?

— Pff, dit Austin en riant. L'équipe du lycée est vraiment nulle pour le coup. On n'apprendrait rien là-bas.

Je secoue la tête.

— Je ne parle pas de l'équipe du lycée. Et tu ne devrais pas dire qu'ils sont nuls non plus. Monsieur Charles te ferait courir plusieurs tours de piste pour ça, dis-je en lui adressant un sourire complice. Je parle des Mountain Lions.

Austin pâlit de façon visible.

— Qu…quoi ? Vous n'avez pas accès à l'équipe.

— Mec. Le père de monsieur Brook est leur entraîneur, dit Gabe en lui tapant sur l'épaule. Il faut vraiment que tu sois plus attentif.

« Oh, merde », je l'entends marmonner.

— Je suis sûr que l'équipe adorerait t'entendre leur expliquer pourquoi selon toi, ils sont nuls.

— OK, je vais arrêter de dire qu'ils sont nuls, dit Austin en levant les mains en l'air.

— Young te mangerait tout cru, dit Gabe en riant. C'est le meilleur quaterback qu'on ait jamais eu.

— Ce n'est pas comme si je rejoignais l'équipe.

— Bon, OK tout le monde. Sortez vos carnets, les coupé-je avant qu'ils ne se lancent dans un nouveau débat. Ce semestre, nous allons étudier les applications pratiques des statistiques et la façon dont elles peuvent être utilisées pour prédire le ratio victoires/défaites d'une équipe de football.

Je regarde Gabe et Austin. Gabe chuchote bruyamment quelque chose à Austin qui est toujours aussi pâle qu'un fantôme.

— Je vais voir si je peux organiser une journée pour rencontrer les Mountain Lions, peut-être même discuter avec le staff pour savoir comment ils utilisent les statistiques pour aider l'équipe.

J'entends quelques acclamations mêlées à des gémissements.

— On pourra peut-être rencontrer les pom-pom girls, chuchote Gabe.

— Ça m'étonnerait qu'elles s'intéressent à un élève de première tout maigrichon comme toi, se moque Austin.

Et voilà, une journée de plus dans la vie d'un professeur de lycée.

Chapitre Trois

— Tu penses que tu vas pouvoir m'esquiver aujourd'hui ? dit Knox en tapant sur les épaulières de Logan.

— Je vais te foncer dessus, dit Logan en le repoussant.

— Dans tes rêves, gamin. Dans tes rêves.

— Je vais me libérer de ton plaquage et courir quatre-vingts yards dans la zone d'en-but pour marquer un touchdown.

Knox se moque ouvertement de Logan.

— OK, je confirme, tu rêves complètement.

— Va te faire foutre, mec.

Colin sépare Logan et Knox alors que Jackson arrive en courant dans le vestiaire.

— T'es en retard, Fields, dis-je en tapotant ma montre dans sa direction.

— Va dire ça à un gamin de six mois en pleine crise de larmes.

Jackson paraît exténué, mais je ne l'ai jamais vu aussi heureux.

— Quand est-ce qu'on va rencontrer ce petit bonhomme ? demande Knox.

— Dès qu'il arrêtera de hurler à pleins poumons ?

— Les coliques ne se sont pas améliorées ? dis-je en enfilant mon maillot d'entraînement.

— Non. Et maintenant que la saison va commencer, je serai moins présent. Je suis épuisé, mais j'essaie d'être là pour Tenley, autant que je le peux.

— Tu as besoin de notre aide ? demande Colin en s'appuyant contre les casiers.

Jackson secoue la tête en se frottant le visage.

— Merci, c'est gentil, mais ça va. Les grands-parents nous aident.

— Dieu merci. Parce que je ne sais absolument pas comment m'occuper d'un bébé, dit Logan en soupirant de soulagement.

— C'est parce que tu es toi-même encore un bébé, dit Knox en riant.

— Va te faire voir, mec.

— Tu es trop jeune pour parler comme ça, ajoute Colin.

— Vous êtes insupportables.

Je ris en les voyant se taquiner. En regardant autour de moi dans le vestiaire, j'ai du mal à croire que c'est le début de ma septième année. Tout ici est devenu comme une deuxième maison pour moi tout au long de ma carrière. Les casiers en bois avec leurs plaques nominatives. La ligne d'horizon de la ville peinte sur le mur. Le logo du Mountain Lion sur le sol.

Et le fait d'être capitaine de cette équipe compte beaucoup pour moi. Pouvoir guider ce groupe de gars représente tout pour moi. Bien plus que tout ce qui se passe dans ma vie.

— OK, les gars, écoutez-moi !

Le vestiaire devient silencieux en entendant le Coach Brook. Lorsque le Coach parle, tout le monde se tait.

— On se débrouille bien. On peut encore corriger quelques erreurs, mais dans l'ensemble, vous avez un bon jeu d'équipe, dit-il avant de baisser les yeux vers moi. Aujourd'hui, nous allons recevoir des invités un peu spéciaux durant l'entraînement. Capitaines, je compte sur vous pour les accueillir comme il faut. Répondez à toutes leurs questions s'ils en ont.

— C'est qui ces invités, Coach ? je demande.

— Une classe de statistiques du lycée. Ils apprennent les applications pratiques des mathématiques.

— Quel rapport avec le football ? demande Knox.

Le Coach le regarde.

— Je les laisserai répondre à cette question pour toi.

— T'es d'abord dans le collimateur de Frankie à l'entraînement, et maintenant le Coach ? dis-je en lui donnant une tape sur l'épaule avant de prendre mon casque dans mon casier. Tu vas te faire gronder, toi.

— Bon, ça suffit les bavardages, allez sur le terrain. On a beaucoup de boulot si on veut aller loin avec les playoffs cette année. On va passer une bonne journée d'entraînement ! nous lance le Coach.

En sortant des vestiaires en courant, je suis temporairement aveuglé par le soleil qui brille sur le terrain. C'est une journée très chaude, mais une bonne journée d'entraînement. Knox se dirige en trottinant vers l'autre extrémité du terrain alors que la défense commence ses exercices. Jackson part dans une autre direction tandis que Colin et moi retrouvons notre coordinateur offensif.

— OK, les gars, on a quelques nouvelles stratégies qu'on aimerait voir avec vous.

— Qu'est-ce que t'as en tête ?

— J'ai beaucoup réfléchi aux lacunes de notre jeu

offensif après notre défaite en phases éliminatoires l'année dernière.

— Elle aurait probablement pu être évitée, déclare une petite voix derrière notre entraîneur.

Un groupe de gamins se tient non loin.

— Mec ! Il t'a entendu là.

— Pardon, mais vous êtes qui ? je demande.

Les deux enfants me fixent du regard, la bouche grande ouverte.

— Moi c'est Gabe et lui c'est Austin.

— Et comment tu penses qu'elle aurait pu être évitée ? je demande en croisant les bras en lui lançant mon meilleur regard, celui destiné à intimider les défenses adverses.

— Euh…

— Allez. Dis-moi.

— Ça va être drôle, chuchote son ami.

— Eh ben, quand vous lanciez la balle à James, il ne faisait que cinq ou six yards.

— OK.

Colin et moi échangeons un regard avant de l'écouter à nouveau.

— C'est le meilleur receveur de l'équipe, donc c'est logique.

— Merci, gamin, dit Colin en hochant la tête vers l'adolescent.

Le petit rayonne en voyant que Colin le remercie.

— Mais à chaque fois que vous lanciez la balle à votre ailier rapproché, il courait dix yards ou plus. Peu importe les changements que vous effectuiez, la défense était toujours sur Colin.

— Tu veux essayer ?

Il pâlit.

— Moi ?

— Oui. Je sais que ça a l'air facile et tout à la télévision, mais quand tu dois faire face à des linebackers comme Fisher, ce n'est pas facile.

— Allez, Austin. Fais-le ! l'encourage l'autre gamin.

— OK. Mais je ne sais pas si je serai bon.

— Je vais te montrer comment attraper la balle, dit Colin en trottinant vers lui alors que quelqu'un apparaît derrière eux.

— Mais dans quel pétrin vous vous êtes fourrés encore ?

Tournant la tête, je me retrouve face aux plus beaux yeux foncés que j'ai jamais vus. Qui que soit cet homme, il est aussi sexy qu'une star de cinéma. Il a des traits nets et définis et des cheveux blonds qui retombent parfaitement sur son front. On dirait la version réaliste de Superman, si Superman était blond. Jusqu'aux lunettes à monture foncée.

— Désolé, ils ne vous dérangent pas trop j'espère ?

Sa voix m'arrache à ma contemplation. Dieu merci, j'ai déjà chaud depuis ma séance de poids tout à l'heure, sinon le rouge sur mes joues trahirait à quel point je suis en train de le reluquer.

— On m'a dit qu'on aurait pu éviter la défaite aux playoffs parce que je ne lançais pas le ballon à la bonne personne. Il va donc joindre le geste à la parole.

L'homme mystérieux jure dans sa barbe.

— Honnêtement, c'est probablement la façon la plus gentille de le formuler.

— Pourquoi, il l'a déjà fait méchamment ?

— Honnêtement ?

J'acquiesce.

— Il a dit que les Mountain Lions étaient nuls.

— Waouh, OK.

Il s'esclaffe.

— Comme j'ai dit, c'était plutôt gentil. Il veut bien faire. Vous seriez étonné de voir à quel point il connaît ses statistiques, c'est facile pour lui de lire les chiffres et de ne pas tenir compte du reste.

— OK. Donc vous êtes responsable de tous ces élèves ?

En regardant autour du terrain, je vois qu'il y a des groupes d'étudiants partout.

— Oui, dit-il avant de me tendre la main. Carter Brook. Je suis leur professeur de mathématiques.

Je lui serre la main et le regrette immédiatement. Car le choc électrique qui me parcourt le bras est soudain très gênant.

— Alex Young.

— Je sais, dit-il en relâchant ma main. Il faudrait que je sois un ermite pour ne pas savoir qui vous êtes dans cette ville.

Je hausse les épaules.

— Ce serait impoli de ma part de ne pas me présenter. Du coup, comment vous avez fait pour que l'équipe laisse votre classe venir ici ?

— Avec un nom de famille comme Brook, c'était assez facile. Je présente ça comme une opportunité d'apprentissage et l'équipe a bonne presse.

— Brook… j'imagine que tu es de la famille de l'entraîneur.

— C'est mon père.

Putain de merde. Comme si ma réaction à son égard n'était pas assez catastrophique, maintenant j'apprends qu'il est le fils du Coach. Je jette un coup d'œil autour du terrain. Personne ne nous prête la moindre attention. Tout le monde s'entraîne ou parle avec les enfants.

— Et tu n'es pas devenu un footballeur professionnel ?

— Je suis un prof de maths. Je pense que c'est évident que j'étais loin d'être un athlète quand j'étais enfant.

Je me force à ne pas parcourir son corps du regard.

— J'imagine que t'as brisé le cœur de ton père.

Il s'esclaffe, un son magnifique qui me touche en plein cœur.

— Je pense qu'il a su dès la première fois où j'ai essayé de lancer un ballon de football que ce n'était pas fait pour moi.

— C'est sans doute parce que je n'étais pas là pour te montrer comment faire.

Merde. Et maintenant je flirte avec ce type.

— Alex, t'es prêt ? crie Colin depuis la ligne de touche.

Il a donné des gants au gamin et je hoche la tête dans sa direction.

— Allons-y.

— Essaie de ne pas trop l'embarrasser d'accord ? me dit Carter. Je n'ai pas envie que les autres gamins se moquent de lui.

— Hé, s'il ne peut pas joindre le geste à la parole, il ne devrait peut-être pas dire de bêtises.

— Mon Dieu. Vous êtes vraiment tous les mêmes les joueurs de football.

— Hé. On n'est pas tous les mêmes.

— Prouve-moi le contraire, alors, dit Carter avec un regard plein de défi, un regard qui me plaît un peu trop.

Je ne devrais pas avoir ce genre de réactions avec lui. Je devrais le classer dans la rubrique « interdite » et focaliser mon attention sur le football.

Comme je le fais toujours.

Sauf que pour la première fois depuis longtemps, je n'en ai pas envie. Cela faisait longtemps que je n'avais pas ressenti une décharge électrique de ce genre. On pourrait même considérer que j'ai le même rythme de vie qu'un moine.

Alors je choisis l'option la plus dangereuse.

— Laisse-moi prouver à ce petit qu'il a tort et ensuite je ferai la même chose avec toi.

Je remarque bien le rouge sur ses joues et maintenant j'ai encore plus envie de l'impressionner.

— OK, on y va, gamin ! je crie en direction de la ligne de touche.

J'attrape un ballon des mains de l'un des assistants et je lance le jeu. Le gamin s'élance en courant le long de la ligne de touche, Colin sur ses talons en tant que défenseur.

Je lance le ballon, un peu moins fort que d'habitude. Il plonge vers celui-ci, mais la balle passe juste au-dessus de ses doigts.

— Je savais que tu n'y arriverais pas ! se moque son ami depuis la ligne de touche.

Je sens toujours le regard de Carter sur moi tandis que je cours vers les élèves.

— À ton tour, gamin.

L'entraîneur des quaterbacks grommelle sur le banc, mais je l'ignore. Colin et moi jouons avec chacun des enfants, lançant et rattrapant les ballons, leur montrant les passes et mouvements sur lesquels ils nous critiquaient.

C'est amusant. On met en place un match rapide avec la défense et nous les faisons tous participer. Je sens que Carter me suit du regard pendant que nous jouons. Il reste sur la ligne de touche, sans bouger.

Finalement, c'était une bonne journée d'entraînement.

CARTER

— C'EST la première fois que je te vois t'intéresser autant à un entraînement.

J'ai trouvé un endroit pour observer ce qui se passe sur le terrain et la voix de mon père derrière moi me fait sursauter.

— J'observe juste mes élèves.

Je me retourne pour faire face à l'homme dont je suis le portrait craché.

— Je crois que la dernière fois que je t'ai vu sur un terrain de foot c'était quand je jouais encore.

— C'est impossible que ça fasse aussi longtemps, dis-je d'un ton moqueur.

Ayant grandi avec le football, on pourrait penser que j'ai l'habitude d'être sur le terrain. Mais un connard a fini par me faire détester ce sport. Même soutenir mon père était devenu dur à cause des joueurs.

— Je suis certain que c'était quand on a perdu les phases éliminatoires. Le tout dernier match de ma carrière.

J'essaie de me souvenir de la dernière fois.

— Mais, si c'est vrai, ça veut dire que j'avais sept ans. Je suis déjà revenu après ça.

Mon père lève les mains en l'air comme pour se défendre.

— Je ne te juge pas. Ton vieux père dit juste que c'est sympa de te voir sur son lieu de travail.

Alex a repris le jeu, entraînant ma bande d'élèves indisciplinés.

— Young a l'air à l'aise avec les jeunes, peut-être qu'il te remplacera dans quelques années.

Papa se met à rire.

— Attention, gamin. On dirait ta mère.

— Pourquoi ?

— Parce que cette femme me ferait prendre ma retraite dès demain si ça ne tenait qu'à elle.

— Pourquoi tu continues alors ? Je serais terrorisé à ta place.

Papa me tapote l'épaule.

— Parce qu'elle sait à quel point ça me plaît. Elle en aurait marre de m'avoir tout le temps à la maison.

Je tourne à nouveau les yeux vers Alex. Il m'a serré la main mais j'ai surtout l'impression qu'il m'a brouillé le cerveau. Dès l'instant où l'on s'est touchés, j'ai senti ses yeux marron sur moi. Et ses cheveux bruns qui tombaient devant ses yeux ? C'était naturellement sexy.

Foutus joueurs de foot.

Je suis déjà sorti avec quelques types ces dernières années, mais je n'ai jamais trouvé le bon. Ils n'aimaient pas vraiment l'intello prof de maths que j'étais.

Cette fois-ci, mon regard croise celui d'Alex. Je ne sais pas combien de temps on passe à se regarder. Ça pourrait être une seconde, peut-être mille, mais tout à coup, l'air me paraît épais.

Comme si je n'avais pas été le seul à ressentir cette décharge rapide un peu plus tôt.

— Allô, Carter, ici la terre. T'es toujours là ?

Je chasse la brume de mon cerveau, brisant le contact avec cet homme qui m'est familier mais que je ne connais pas vraiment.

— Pardon.

— Je disais que ta mère voudrait que tu viennes à la soirée qu'on fait avec l'équipe, avec elle et Marley.

Je gémis.

— Je croyais que j'avais le droit de rater ce genre de trucs.

Mes parents connaissent mon passé tumultueux avec les joueurs de foot, c'est pourquoi ils n'exigent jamais que je sois présent aux événements avec l'équipe.

Il se met à rire.

— Marley veut y aller et voudrait que tu l'accompagnes. Et puis on n'a encore jamais rien fait de tel, alors ce serait agréable d'avoir le soutien de ma famille.

— Marley sait vraiment comment me pourrir la vie.

— Je suis sûr qu'elle dirait la même chose de son petit frère.

Un coup de sifflet retentit à l'autre bout du terrain, et un autre entraîneur se précipite vers mon père.

— Prêt à enchaîner la dernière série d'exercices, Coach ?

Il acquiesce.

— Rassemble-les.

Il reporte son attention sur moi.

— On se voit au repas.

— Ça marche, papa. Merci de nous avoir laissés venir.

— C'est l'un des avantages du métier.

Il me sourit tandis que les élèves commencent à se rassembler autour de la ligne de touche. Nous restons jusqu'à la fin de l'entraînement et les enfants se régalent.

Et même si j'aimerais pouvoir admettre que je suis heureux pour eux, je n'arrive pas à lutter contre l'attirance que j'éprouve pour le numéro dix-huit.

Foutus joueurs de foot et leurs belles gueules.

Chapitre Quatre

CARTER

— **P**ourquoi tu m'as traîné à cette fête ? J'ai une tonne de copies à corriger, dis-je en me lamentant, non pas pour la première fois.

— Tu donnes déjà des contrôles à tes élèves ? demande Marley en se rendant dans les locaux de l'équipe.

— Ils ont qu'à ne pas avoir leurs portables en classe.

— Pffou, quel dur à cuire, marmonne Marley. J'aurais presque envie de dire que tu l'as fait exprès à cause de l'événement de ce soir.

Je gémis en me massant la nuque. Je ne sais pas qui est ce nouveau membre du personnel qui a décidé d'organiser ce repas de lancement de saison, mais en tout cas, je redoute ce moment.

Je suis plus à l'aise avec les chiffres qu'avec les gens. Ou qu'avec les sentiments que j'ai éprouvés la semaine dernière en rencontrant l'équipe. Enfin, pas l'équipe.

Un joueur en particulier. Un certain quaterback aux cheveux bruns et aux biceps que j'imaginais m'immobiliser pendant qu'il me faisait l'amour.

Merde. C'est exactement le genre de pensée que je n'ai pas envie d'avoir.

— Ça va, tu ne vas pas me faire un procès parce que je n'ai pas envie d'être sympa avec tout un tas de joueurs de foot ce soir.

— Mon Dieu, Carter, c'était il y a presque dix ans. Quand est-ce que tu vas passer à autre chose ?

— Pourquoi papa n'est pas entraîneur de baseball ? Je n'ai aucun problème avec eux. Et puis ils ont de très belles fesses, dis-je en ignorant sa remarque.

— Ce sont quand même des joueurs.

En ouvrant la porte, je respire profondément l'air de la montagne. Ça ne calme pas beaucoup mes nerfs.

Car pour être tout à fait honnête avec moi-même, je déteste la réaction que j'ai eue avec le quaterback. En réalité, je dirais même que je suis un mauvais fils, car je ne fais pas vraiment attention à l'équipe que mon père entraîne. Mais vous ne le feriez pas non plus si vous aviez été humilié par un joueur de foot étant plus jeune. Et comme mon père est génial, il n'a jamais forcé les choses.

Pourtant, j'ai quand même offert l'équipe sur un plateau d'argent à mes élèves. Je me suis sciemment jeté dans la gueule du loup après m'en être tenu éloigné pendant tant d'années.

Des années durant lesquelles j'ai érigé mes propres murs face à toutes les personnes qui ne répondaient pas parfaitement à mes besoins. Certes, ma sœur et mes amis m'en ont fait le reproche, mais ça m'a aidé.

Mais suite à une après-midi en présence d'Alex Young, j'étais prêt à effacer des années de progrès.

Tout ça à cause d'un seul sourire.

Mais c'était un très beau sourire.

Un sourire qui n'aurait pas dû me faire ressentir toutes ces choses.

Savoir que j'allais le revoir ce soir me mettait dans tous mes états.

— Salut, les enfants. Je suis content de vous voir tous les deux.

Papa nous sourit tandis que ma sœur et moi entrons sur le terrain.

Des food trucks bordent un côté du terrain, près du parking, tandis que des jeux ont été installés pour les enfants. Des dizaines de personnes fourmillent de partout. J'essaie de garder les yeux rivés sur celles qui se trouvent juste devant moi. Mais mes yeux me trahissent et s'égarent.

— Il ne peut pas garder ses distances avec le football pour toujours, dit Marley en me lançant un regard féroce.

— J'ai fait l'effort d'essayer, je grommelle.

— Je sais que ce n'est pas ton truc, fiston, mais j'apprécie que tu sois venu, dit mon père avec un sourire similaire au mien. Va te prendre un verre, ça va t'aider à te détendre et Marley, viens avec moi.

Acquiesçant, j'avance jusqu'à une table recouverte de seaux de glaçons. Attrapant un Coca-Cola, j'ouvre la canette et en bois une bonne gorgée.

— Salut. J'espérais te voir ici.

Tournant les talons, je suis de nouveau accueilli par ce sourire.

— Oh, salut.

Des lunettes de soleil cachent ses yeux marron foncé. Ses cheveux épais sont assez beaux pour que j'aie envie d'y passer la main.

Merde. Arrête de penser à lui comme ça, Carter.

C'est un joueur de foot.

Garde tes distances.

— Comment se passe ton projet avec tes élèves ?

— Mes élèves ?

— Oui, ceux que tu as amenés à l'entraînement l'autre

jour ? Ce sont les tiens, non ? Tu ne les as quand même pas kidnappés pour les emmener assister à l'entraînement d'une équipe de football contre leur gré, si ?

Je chasse mon brouillard mental.

— Ah oui, le projet. Ça reste à voir. On va travailler dessus tout au long du semestre. Ça leur donnera l'occasion de voir comment vous vous débrouillez pendant la saison principale.

— Qu'est-ce qui t'a donné envie d'enseigner les maths ?

Alex attrape une cannette de Coca-Cola à côté de moi et prend une longue gorgée. Je me force à ne pas regarder sa pomme d'Adam saillante.

— Moi j'étais incapable de résoudre un problème de maths, ajoute-t-il.

— Les mathématiques, c'était facile pour moi. J'aime la complexité des problèmes pour échapper aux miens.

— C'est un peu sinistre.

Alex se déplace et remonte ses lunettes de soleil sur ses cheveux. Mon Dieu, il est encore plus sexy que dans mes souvenirs. Des taches de rousseur parsèment son visage, sans doute car il a été exposé au soleil durant la saison.

— Ce n'était pas le but. Mais j'ai toujours été plus à l'aise avec les chiffres qu'avec les gens.

— J'ai pourtant l'impression que t'es plutôt doué avec les deux.

Sa remarque m'arrache un sourire.

— Il faut surtout être à l'aise avec les enfants, sinon ils ne t'écoutent jamais.

— Parfois quand je travaille avec ma ligne offensive, j'ai l'impression de travailler avec des adolescents. S'ils se lancent dans un truc, c'est difficile d'attirer à nouveau leur attention.

— Ça n'a pas l'air trop dur de se focaliser sur toi.

— C'est gentil.

— Oh merde, j'ai dit ça à voix haute ?

Je ne sais pas ce qu'il y a avec cet homme, mais avec lui je fonds complètement. Normalement, je suis calme, posé et je fais preuve de sang-froid.

Mais avec ce gars, c'est comme si j'étais un ado qui reluque son coup de cœur pour la première fois.

— Je peux faire comme si tu n'avais rien dit si ça peut te rassurer.

— C'est pour ça que je ne voulais pas venir ce soir. Je finis toujours par me mettre dans l'embarras, dis-je avant de désigner le terrain derrière moi avec mon pouce. Je vais y aller.

Alex secoue la tête, fait un geste pour m'attraper et s'arrête net.

— Tu n'es pas obligé. Honnêtement, c'est plutôt rafraîchissant de parler à quelqu'un comme toi.

— Comme moi ? dis-je en lui lançant un regard perplexe.

— Quelqu'un qui se fiche que je sois un joueur de foot. La plupart des gens qui me rencontrent veulent parler des matchs.

J'éclate de rire.

— Je peux t'assurer que ça compte pour moi que tu sois un joueur de foot.

Alex croise les bras sur son torse large d'un air défensif.

— Et pourquoi ?

— On n'aura pas assez de temps pour en parler ce soir.

Alex fait un pas en avant. Si je voulais, je pourrais tendre la main et serrer son biceps. Son biceps épais, délicieusement musclé.

Mon Dieu, si seulement les joueurs de football n'étaient pas aussi sexy.

— Tu penses que tu pourrais prendre le temps de me
l'expliquer un autre soir ?

— T'es en train de me demander de sortir avec toi ? je
lâche.

Sérieux, pourquoi je n'ai plus aucun filtre ? D'habitude,
je ne suis pas comme ça avec les autres mecs. Mais visiblement avec lui, oui

Alex jette un coup d'œil autour de lui, mais les gens ne
font pas attention à nous. Tout le monde est dans son
monde.

— Si tu veux appeler ça comme ça, partons là-dessus.

Mon regard s'attarde sur lui. Il est tout dur et plein de
muscles, mais quelque chose dans son regard est doux.
Accueillant.

Certes, il a une mâchoire qui pourrait couper du verre.
Mais c'est ses yeux. Il y a quelque chose en eux qui m'indique que je peux leur faire confiance.

Et c'est ça qui me rend méfiant.

— Je ne sais pas. Avec ton emploi du temps, ça risque
d'être compliqué de prendre le temps.

Alex rit de plus belle.

— C'est clair. Pas évident d'avoir une vie avec le
football.

— Tu as envie de passer du temps avec mon
frère ?

Marley quitte la table des boissons et sautille vers nous,
ses boucles blondes rebondissant.

— J'essaie de le convaincre, mais je ne suis pas sûr de
faire du bon travail.

Le regard de Marley s'illumine. Elle prépare un
mauvais coup. Je le vois immédiatement.

— Tu n'as qu'à aller à la convention sur les bandes
dessinées dans quelques semaines.

— Quoi ? Marley, non.

Si ce gars me trouvait cool, je viens de perdre tous les points que j'avais gagnés.

— Tu y vas ? J'ai essayé d'acheter des tickets mais ils étaient déjà tous vendus lorsque j'ai réalisé que je pouvais y aller.

— Tu aimes les bandes dessinées ? je lui demande d'un air surpris.

— Je sais que ce n'est pas le truc le plus cool, mais c'est un truc que mon frère et moi on faisait quand on était petits. On dépensait jusqu'au dernier dollar de notre argent de poche pour les acheter.

Joueur de football, Carter. Joueur de football.

Peut-être que si je me le répète assez souvent, ça finira par rentrer.

— C'est parfait ! dit Marley. J'étais censée y aller avec lui, mais en fait je déteste ça.

— Ah bon ? Depuis quand ? je lui demande en me tournant vers elle.

— Désolée, Carter.

Je remarque qu'elle se retient de sourire.

— Ce n'est pas aussi amusant pour moi que tu le penses, continue-t-elle.

— En tout cas, si tu veux de la compagnie, ce serait sympa d'y aller avec toi.

Le regard timide qu'Alex me lance me fait fondre.

— Oui, bien sûr.

— Waouh, t'as l'air vachement emballé, Carter.

— Marley, tu veux bien nous *laisser* s'il te plaît ? je gémis en la repoussant.

J'adore ma sœur, vraiment, mais parfois je ne supporte pas qu'elle me connaisse aussi bien.

— Tu n'es pas obligé si tu n'en as pas envie. Je ne veux pas m'imposer.

— Non, c'est bon. C'est juste ma sœur qui est pénible.

Alex acquiesce.

— J'ai un grand frère. Je comprends totalement.

— Est-ce qu'il te pousse à faire des choses que tu n'as pas envie de faire ?

— Tout le temps.

Il s'esclaffe et c'est si doux qu'on dirait un caramel chaud qui fond sur une glace à la vanille.

— Il ne vaut mieux pas qu'ils se rencontrent. Ils seraient insupportables ensemble.

— On se présente déjà nos familles ? Waouh, ça va bien plus vite que ce que je pensais.

— OK, je vais aller m'isoler dans les montagnes je crois. C'était sympa de te rencontrer Alex.

— Détends-toi, tout va bien.

Alex a l'air de vouloir m'attraper mais au lieu de ça, il range ses mains dans ses poches. Qu'est-ce que je ne donnerais pas pour sentir ses mains sur moi.

— Écoute, ta sœur nous a interrompus et je sais que la convention n'est encore que dans quelques semaines, mais revenons-en au fait de passer du temps ensemble. Ça te plairait qu'on se voie ?

Et voilà, Alex me sourit de nouveau.

Mon Dieu, aidez-moi.

— J'adorerais, oui.

Chapitre Cinq

ALEX

— Quand tu as dit que tu voulais qu'on passe du temps ensemble, ce n'était pas exactement ce que j'avais en tête.

Je souris à l'homme nerveux sur son vélo à côté de moi.

— Hé, quand je t'ai demandé si tu étais partant pour tout type d'activité tu m'as dit que oui.

— C'est mal de t'avouer que j'ai dit ça pour que tu me trouves plus cool que je ne le suis réellement ?

Carter réajuste la sangle de son casque.

— On s'est déjà mis d'accord pour aller à une convention de bandes dessinées. Je ne crois pas que ça fasse de nous des gens très cool.

Carter lève les yeux au ciel.

— Tu es quaterback pour une équipe de la NFL. Je suis assez certain que ça te laisse carte blanche pour faire tout ce dont tu as envie.

Je ne sais pas ce qu'il y a chez cet homme, mais je suis prêt à enfreindre toutes les règles que je me suis imposées pour lui.

Enfin, presque toutes les règles.

Et je ne l'ai rencontré que la semaine dernière.

C'est pour ça que je lui ai proposé d'aller dans un parc national près de Denver. Il n'a pas l'attrait du parc national des Rocheuses, mais je l'adore quand même.

C'est tellement paisible d'être dehors. Et j'ai moins de chance de me faire reconnaître, car tout le monde est plus focalisé sur le paysage que sur le fait que le quarterback de l'équipe soit en train de parcourir les sentiers à vélo.

— T'es prêt à y aller ?

— Tu ne vas pas en faire une compétition, hein ? demande Carter en me regardant de travers, incertain.

— Si j'avais été avec les gars, si. Mais je ne fais pas ça pour l'exercice aujourd'hui.

— Ah, non ? Tu as déjà fait tes trois séances de sport de la journée, j'imagine ?

— Aïe. Tu ne mâches pas tes mots.

Il me lance un regard penaud.

— Désolé. C'est juste… des traumatismes du passé. Je ne devrais pas m'en prendre à toi comme ça.

— Ça te dit de m'en dire plus ?

Carter secoue la tête, écarquillant ses grands yeux bleus. Avec ses cheveux épais, il pourrait être mannequin. Le genre qui peut prendre un air timide devant la caméra et réussir à vendre de la glace à un pingouin.

— Pas au premier rendez-vous.

— Ah, donc c'est un rendez-vous ? dis-je en essayant de dissimuler mon sourire, mais en vain. Je croyais qu'on passait juste du temps ensemble.

Il laisse échapper un long soupir de satisfaction.

— Oui, on passe juste du temps ensemble. Bon, tu es prêt ?

— Passe devant.

Carter s'élance sur le sentier à un rythme tranquille. Le chemin que j'ai choisi est plus éloigné et un peu plus isolé.

Il n'est pas plus difficile, mais comme il faut emprunter des routes sinueuses pour arriver jusqu'ici, la plupart des gens choisissent les sentiers les plus faciles.

Ce sentier me permet d'avoir l'intimité dont j'ai besoin tout en étant dehors. Ce n'est pas juste pour Carter, mais depuis notre première rencontre, je me sens attiré par lui. Et c'est la seule façon de l'explorer. Dans les endroits où je me sens en sécurité.

Peut-être que lorsque les choses évolueront – si elles évoluent – on pourra parler du fait que je n'ai toujours pas fait mon coming out.

Mais pour le moment, j'apprécie la vue. Au lieu des montagnes et des vastes prairies qui s'étendent autour de nous, j'observe l'homme qui se trouve en face de moi.

J'observe les bras de Carter fléchir et se contracter sous son tee-shirt blanc et je regrette que nous ne soyons pas en train de faire autre chose. Le sentier serpente à travers le parc, les arbres nous offrant un peu d'ombre de part et d'autre. Un endroit familier apparaît soudain devant nous, l'un de mes préférés.

— Ça te dit de t'arrêter ? je crie en direction de Carter.

Il tourne la tête et ne voit pas le trou au sol et sa roue part soudain en vrille sur le chemin rocailleux. Il glisse sur la petite pente.

— Merde. Ça va ?

Je descends de mon vélo et cours jusqu'à l'endroit où Carter est tombé.

— Putain. Ça fait super mal.

Carter saisit son tibia et je vois qu'une vilaine entaille marque sa peau.

— Comment t'as fait ton compte ?

Jetant mon sac à dos par terre, je commence à fouiller dedans pour récupérer la trousse de secours que je garde toujours à portée de main.

— Je suis un professeur de mathématiques, pas d'éducation physique. Ce n'est pas mon domaine d'expertise.

— Je suppose que je ferais mieux de t'emmener dans des endroits où tu risques moins de te blesser.

Carter me fait un petit sourire.

— Je ne suis pas contre. Je suis plutôt une créature d'intérieur.

Je lui donne une lingette imbibée d'alcool et un pansement, et je le laisse se nettoyer.

— Est-ce que tu veux au moins aller voir la vue pour laquelle je t'ai fait tomber de ton vélo ?

Carter tend la main vers moi et je l'aide à se relever. Il n'est qu'à quelques centimètres de moi et je tiens toujours sa main dans la mienne.

Je remarque qu'il écarquille les yeux à ce contact. Dieu merci, lui aussi ressent la même chose que moi, car je risquerais moi aussi de m'écraser avec mon vélo si ce n'était pas réciproque.

— Cette vue a intérêt à valoir le coup.

Je lui lâche la main et je ramasse son vélo, le passant au peigne fin pour m'assurer qu'il est en état de rouler.

— On n'a qu'à y aller à pied.

— Tu ferais mieux d'ouvrir la voie cette fois-ci.

Nous parcourons la courte distance sur le sentier, chacun marchant à côté de son vélo. En trouvant la petite clairière, je pose mon vélo contre un arbre et je trouve l'endroit caché.

— Tu ne m'emmènes pas ici pour me tuer j'espère ?

J'éclate de rire.

— Fais-moi confiance, je ne vais pas te tuer.

— Le jury n'a pas encore tranché.

Carter passe à côté de moi et son odeur propre envahit mes sens de la meilleure façon qui soit. Je n'ai qu'une envie, c'est de l'attraper et de l'embrasser. Mais on ne sait pas qui est dans les parages. On commence à peine à se fréquenter alors je me comporte comme un adulte et je me retiens.

— Putain…

Carter traverse la petite clairière et découvre l'une de mes vues préférées.

— Je comprends pourquoi ça te plaît.

Derrière le sentier bordé d'arbres, il y a des broussailles, puis une vue magnifique sur les montagnes. On ne se rend pas du tout compte de la proximité avec Denver, car d'ici on ne voit pas la ville.

— J'ai découvert cet endroit par hasard lorsque j'ai emménagé ici pour la première fois. Je viens toujours ici quand j'ai besoin de paix.

Carter me regarde et j'éprouve à nouveau cette même sensation dans le ventre. J'ai envie de plus avec lui, mais est-ce vraiment juste ?

— Comment tu as fait pour tomber dessus ?

Il boitille jusqu'à un arbre couché et s'assoit.

Je le suis et m'assois à côté de lui. Nos cuisses se touchent et j'ai du mal à me concentrer sur la vue qui s'offre à moi.

— J'ai dû faire à peu près la même chose que toi.

— Oh, je vois. Tu te moques de moi parce que je suis tombé alors que tu as fait exactement la même chose.

Il y a quelque chose de léger dans sa voix que je n'avais pas remarqué avant.

— Les gens ne sont-ils pas censés paraître plus cool qu'ils ne le sont réellement quand ils ont un rendez-vous ?

— Je croyais qu'on passait juste du temps ensemble ?

Une fossette apparaît lorsqu'il sourit. J'ai envie de me pencher pour la goûter.

— Si tu veux que ce soit un rendez-vous, alors c'est un rendez-vous.

Carter me donne un coup d'épaule, reportant son attention sur la vue. C'est l'un de mes endroits préférés. Les montagnes et les grands espaces me donnent l'impression que mes problèmes et moi-même sommes insignifiants.

— Heureux de savoir que je ne suis pas le seul à ne pas être cool, alors.

— OK, tu ne voulais pas que ce soit une compétition, mais j'ai un peu l'impression que tu m'incites à le faire maintenant.

Carter secoue la tête.

— Oh, non. Je ne suis pas assez bête pour défier un athlète. Je ne ferais jamais ça.

— Tu ne veux toujours pas me raconter ce qui t'est arrivé ?

— Pas maintenant.

— Tu sais – je pose mon coude sur mon genou et place mon menton dans ma main – si tu étais mon prof, je ne pense pas que je serais capable de me concentrer.

Son cou se met à rougir.

— Oh, mon Dieu. Arrête. Tu me mets mal à l'aise.

— Je suis sérieux. Si tu étais mon prof, je craquerais complètement sur toi.

— Heureusement que je ne le suis pas alors, parce que ce serait totalement inapproprié.

Je me mets à rire.

— OK, du coup ça devient bizarre, là.

— Hé, c'est toi qui as commencé.

On s'esclaffe tous les deux. On a l'impression d'être à l'autre bout du monde, de n'être que tous les deux ici. Je ne me souviens pas de la dernière fois où quelque chose m'a semblé aussi facile.

Dans ma vie, rien n'est simple. Chacun de mes mouvements est calculé pour me protéger moi et mon secret. Je fais ça depuis tellement longtemps que je ne sais plus rien faire d'autre.

En étant ici avec Carter, même si je viens à peine de le rencontrer, j'ai un bref aperçu de ce que la vie pourrait être. Si j'avais fait mon coming out.

Aussi génial que cela puisse paraître, cela me glace aussi le sang. Car même si j'ai très envie d'assumer mon homosexualité, je ne sais pas si je le ferai un jour.

Pas tant que je joue encore.

J'ai tellement d'objectifs professionnels que j'aimerais atteindre et puis ce ne serait pas juste d'imposer à quelqu'un de vivre dans le secret.

Mais je n'arrive pas à résister à Carter. Lorsqu'il me regarde comme ça, qu'il rit avec moi, j'ai envie de plus.

Sauf que si j'ai plus, je risque d'avoir aussi des ennuis.

Chapitre Six

ALEX

— **P**ourquoi est-ce qu'on est obligés de traîner nos fesses jusqu'à la banlieue ? se lamente Logan tandis que je sonne à la porte de Colin. Pourquoi on ne va plus dans le bar cool où on était allés la première fois ?

Je me mets à rire.

Même si j'apprécie le bar qu'on a trouvé, c'est aussi agréable de se détendre dans un endroit qui n'est pas loin de ma maison.

— Parce qu'apparemment, Gaufre ne voulait pas qu'on le laisse seul.

— Voilà, dit Colin en ouvrant la porte. Gaufre est triste que Peyton ne soit pas là et a besoin de compagnie.

En baissant les yeux vers le chien en question, j'aperçois sa langue qui pend hors de sa bouche tandis que sa queue s'agite dans tous les sens.

— Donc, là, il est triste, c'est ça ?

Colin lève les yeux au ciel alors que nous le dépassons et entrons dans son salon. Comme je suis venu ici plusieurs fois, je me dirige directement vers la cuisine et je prends quelques bières. J'aime l'agencement de sa maison, car peu importe où l'on se trouve, tout le monde est toujours ensemble.

— OK. Gaufre n'est pas vraiment triste. Peyton me manque et je préférais rester à la maison avec lui au lieu d'aller dans un bar. Vous êtes contents ?

Je ne peux retenir mon rictus. Et dire que ce type était le plus grand joueur de l'équipe. Maintenant, il est tellement amoureux de Peyton que je le reconnais à peine.

— Qui aurait cru que tu deviendrais si cucu ? dit Logan en le tapotant sur l'épaule.

— Hé ! Fais gaffe à mes bras. Ils vont aider à marquer beaucoup de touchdown cette année.

— Qui dit que c'est toi qui vas les attraper ? D'après notre mathématicien, ce n'est pas toi.

— Arrête. Tu te fais bien voir grâce à moi, Young.

Colin me pousse gentiment tandis que l'on revient dans le salon.

— Je ne sais pas. Je vais peut-être devoir tester les prouesses de nos ailiers rapprochés.

— N'oublie pas les running backs[1]. J'ai encore de bonne stat', dit Logan.

— Non. On va doubler le nombre de réceptions cette année, hein, Young ? Faut bien prouver à ces gamins des statistiques qu'ils ont tort, rétorque Colin.

Rien qu'à l'évocation de la classe de statistiques qui est venue sur le terrain, mes pensées se tournent vers Carter. Pour la première fois depuis longtemps, quelqu'un détourne mon attention du football.

Même si je suis encore concentré sur le jeu. Mais en voyant mes amis se mettre progressivement en couple et retrouver ceux qu'ils aiment en rentrant chez eux, cela souligne tout ce que je n'ai pas. Buvant ma bière, je suis les gars dehors, essayant de repousser ces pensées vides.

Les Rocheuses m'accueillent dans toute leur splendeur.

Si ma propre maison ne donnait pas sur les montagnes, je serais jaloux. C'est ce que j'aime le plus à Denver.

Il n'y a rien de plus beau que cette vue.

Alors que nous nous installons dans nos fauteuils, je remarque que des lumières sont suspendues en haut du patio, sans doute un ajout de Peyton.

— Où sont les deux autres fainéants ? demande Logan en posant les pieds sur la table.

— Knox a dû faire plus d'exercices. Apparemment il a énervé Frankie.

— Eh ben. Knox s'attire encore plus d'ennuis que toi, Colin, dit Logan en buvant sa bière.

— Avant je m'attirais des problèmes. Plus maintenant.

— C'est un travail à plein temps que de vous garder sur le droit chemin, dis-je en riant tandis que la porte arrière s'ouvre soudain.

Un Jackson à l'air exténué arrive, un porte-bébé à la main.

— On ne se comporte pas tous comme ces petits merdeux, dit-il en posant Noah à côté de lui.

Gaufre se précipite pour examiner les nouveaux venus.

— T'as amené Noah ?

Colin bondit pour retenir le chien excité.

— Tenley sort avec ses sœurs et je ne voulais pas le laisser avec une baby-sitter, alors je l'ai amené.

Aucun de nous n'a encore rencontré Noah. Les quelques fois où Jackson devait l'amener, ils n'ont finalement pas pu.

— On peut le prendre dans nos bras ?

Logan jette un coup d'œil par-dessus l'épaule de Jackson pour regarder le petit bout endormi.

Même avec son visage tout avachi et endormi, il est le portrait craché de Jackson.

— Si tu ne le fais pas tomber.

Jackson repousse la poignée du porte-bébé et le détache.

— J'ai des mains solides.

— C'est pour ça que t'as raté trois main à main cette semaine ? demande Colin.

— Je ne les ai pas ratés, c'étaient de mauvais main à main ! crie Logan de l'autre côté de la table.

— Baissez d'un ton ! Je n'ai pas envie que vous le réveilliez, bande de crétins, dit Jackson en serrant Noah contre son torse.

— Et d'après ce dont je me souviens, ce n'était pas de mauvais main à main, dis-je en regardant Logan par-dessus ma bière.

— Je ne dis pas que c'était de ta faute.

— Alors c'était de la faute de qui si t'as fait tomber la balle ?

Logan et moi avons travaillé sur de nouvelles passes. Et après les centaines de fois où nous les avons exécutées, nous les avons pratiquement perfectionnées. Trois balles perdues ce n'est rien au total.

— Vous êtes vraiment nazes les gars, dit Logan en retournant à l'intérieur.

— C'est trop facile de le faire chier, dit Colin en riant. Bon, laisse-moi voir ce petit.

Reposant sa bière, Colin tend les bras tandis que Jackson lui donne Noah.

— Fais attention à sa tête.

— Merci, connard. Je sais comment tenir un bébé.

— C'est une cargaison précieuse. Donc je vais te le rappeler de nouveau, fais attention à sa tête.

Jackson et Colin échangent un regard noir.

— Relax. Il se débrouille très bien, dit Logan en ressortant, cette fois-ci avec Knox.

— Regardez qui a enfin été libéré de prison.

Knox fait craquer son cou en s'asseyant autour de la table.

— Tout ce que je fais, c'est jamais assez bien. Même si je suis celui qui a exécuté le plus de plaquage l'an dernier. Frankie croit que je suis un débutant qui n'a jamais joué un seul match de foot de sa vie.

— Peut-être que si tu ne lui répondais pas autant, ce ne serait pas si terrible, je souligne.

— T'es pire que Hollins, putain, dit Knox en buvant une gorgée de sa bière.

— Qu'est-ce qu'il dit encore cet abruti ? grommelle Colin.

Knox déverrouille son téléphone, clique sur son écran plusieurs fois et le tourne vers nous.

VGSStarHollins22 : Une tempête se dirige vers Denver…nouvelle saison, nouvelle chance de faire tomber ces bébés Mountain Lions ! Il est hors de question que je me fasse exclure et que je rate l'occasion de botter leurs petites fesses jusqu'au bout…

— Comment c'est possible que la ligue laisse passer ce genre de connerie ?

Colin est furieux à en juger par son regard.

— Parce que ça alimente la rivalité, dis-je en secouant la tête avant de boire la moitié de mon verre. Et Vegas ne fera rien non plus. Leurs fans adorent ces trucs.

— J'aimerais tellement me retrouver sur le terrain en même temps que lui et lui foutre une raclée, dit Knox en faisant craquer ses phalanges.

Je n'aimerais pas me faire plaquer par lui.

— Toi ? Cet enfoiré ne fait que mal parler durant tout

le match. J'aimerais avoir des boules Quies rien que pour ne pas devoir l'écouter, s'emporte Colin.

— Ce serait un bon début de saison de les voir perdre, je leur dis.

Mais Colin a déjà reporté son attention sur le petit bout qu'il tient dans ses bras. Il est complètement gaga de Noah.

— Les bébés sont autorisés maintenant ou j'ai raté l'info ? dit Knox en regardant Noah, ne sachant pas trop quoi en penser.

— C'était soit ça, soit je ne venais pas ce soir. Et ça, ce n'était pas possible, dit Jackson.

— Et puis, il faut bien qu'on prépare l'avenir des Mountain Lions, dit Logan en s'esclaffant.

— Tant qu'il est heureux, je suis heureux.

— C'est tellement une phrase de parent, dit Knox en secouant la tête.

— C'est vrai. T'as juste envie que tes enfants soient heureux, acquiesce Colin.

— Tes enfants ? Peyton et toi vous nous cachez un truc ou quoi ? dis-je en haussant les sourcils en direction de Colin.

— Je parle de Gaufre.

Logan s'apprête à intervenir, mais Colin l'arrête.

— Et ne dis pas que ce n'est pas mon enfant. Les chiens font aussi partie de la famille.

— Depuis quand est-ce qu'on est devenus niais comme ça ? dit Knox en nous regardant tous.

— Je te mets au défi de ne pas devenir cucu lorsque tu auras trouvé quelqu'un, Knox, dit Jackson en pointant sa bouteille dans sa direction.

Je remarque la lueur brève qui brille dans les yeux de Knox.

— Peut-être que ça le rendra moins grincheux, dis-je.

— Et toi, je ne te vois jamais ramener beaucoup de filles chez toi.

Cette remarque me fait taire. Je prends une gorgée de ma bière pour rafraîchir ma peau soudain trop chaude.

— Je dois me concentrer sur le football.

— On doit tous se concentrer sur le foot, souligne Knox.

Comme c'est gentil de le préciser.

— Peut-être que Peyton a raison et qu'on devrait demander à Darlene de t'arranger un coup, dit Colin en bougeant Noah dans ses bras lorsque ce dernier commence à s'agiter.

— Ma grand-mère n'a pas besoin d'arranger des coups pour qui que ce soit.

— Oooh. T'as peur qu'elle ne te trouve personne ? dit Colin pour taquiner Knox.

— Elle me met déjà la pression pour que je me pose et lui fasse des petits enfants, explique Knox en secouant la tête.

— Peut-être que Jackson peut venir avec moi pour lui rendre visite en amenant Noah. Pour qu'elle te lâche la grappe.

Les gars se lancent dans une conversation sur Darlene et la sécurité du bébé qui risque d'être mis en danger durant les parties de bingo. Reconnaissant que l'on ne parle plus de moi et de l'absence de femmes dans ma vie, je soupire de soulagement.

Ces dernières années, j'ai toujours su contourner les questions sur mes relations. Ou l'absence de relations. Lorsqu'on a autant de détermination que moi, ce n'est pas difficile de détourner les sujets. Le football est mon centre d'intérêt principal et personne ne peut me le reprocher.

Mais maintenant que Carter entre en jeu, c'est plus difficile. J'aimerais pouvoir me confier à ces gars. Mais toutes ces années passées dans les vestiaires à entendre des choses comme *« pédale »* et *« c'est tellement gay »* m'empêchent de parler. À chaque fois que j'entendais ces expressions comme insultes, une brique s'ajoutait au mur que j'avais érigé autour de moi.

J'adore ce que je fais. Le football américain est le plus grand sport qui soit. Je ne veux pas que ma sexualité change tout ça. Je veux continuer à travailler dur et j'espère un jour gagner un trophée.

Peut-être que là, je pourrais faire mon coming out. Une fois que j'aurais fait mes preuves au sein de la ligue.

Chaque année on s'en rapproche, mais cela reste toujours hors de portée. Qui sait combien de temps cela va encore durer ?

Les pleurs de Noah me sortent de mes pensées.

— Qu'est-ce que tu lui as fait ? soupire Jackson.

— Je n'ai rien fait. Il s'est mis à pleurer d'un coup ! crie Colin.

— Ce n'est pas en criant qu'il va se calmer.

Jackson le reprend dans ses bras.

— C'est pour ça qu'on n'amène pas les enfants à ce genre de réunion, marmonne Knox.

— Mec. C'est la tradition. Ça porte malheur de rompre la tradition, dit Colin en lui jetant un regard noir. Ce n'est pas de ma faute s'il pleurait.

Jackson berce le bébé qui pleure dans ses bras et il se calme immédiatement. Jackson désigne alors Noah.

— Tu vois, Colin ? C'était clairement de ta faute.

— OK, avant que vous ne vous disputiez, dis-je, interrompant ce que Colin allait rétorquer, je pense qu'il est l'heure de porter notre toast traditionnel.

Tout le monde se tait. Nous levons tous nos bières.

— Je sais que l'an dernier ce n'était pas ce que nous voulions…

— Putain de Vegas, peste Colins. Je déteste Hollins.

— Mais cette année on peut aller loin. Je le sais. On a la meilleure équipe qu'on ait jamais eue. Je sais qu'on est sur le point d'accomplir quelque chose de grand.

Tout se fige autour de moi, comme s'ils attendaient la suite. Nous sommes tous excités. Après la défaite amère au premier tour des phases éliminatoires, nous sommes tous prêts pour cette saison.

— Ce ne sera pas facile. Mais tant qu'on reste soudés, on peut aller loin.

Je lève ma bière et tout le monde fait de même.

— Aux meilleurs hommes que je connaisse. Vous êtes les seuls avec qui j'ai envie de jouer. Aux Mountain Lions !

— Aux Mountain Lions !

Chapitre Sept

—Premier match de la saison, vous êtes prêts les gars ?

Knox tape sur nos épaulières à tour de rôle en faisant le tour du vestiaire. Les entraîneurs sont rassemblés dans un coin en train de revoir la stratégie. Les murs du vestiaire sont d'un gris terne et les casiers métalliques ne sont pas vraiment accueillants.

Il n'est jamais facile de commencer la saison en jouant à l'extérieur. Mais je sais que nous sommes prêts.

— Oh que oui, putain ! crie Colin. On a l'avantage sur Kansas City !

Mieux encore, on commence par un match de division. C'est le genre de matchs que j'adore.

— OK, ne nous portons pas la poisse non plus, dis-je en tapant contre le casier derrière moi.

—Je ne sais pas pour toi, Young, mais la défense a tout défoncé à l'entraînement, donc on ne se porte pas la poisse. On est prêts.

En tant que capitaine de la défense, Knox a travaillé avec les plus jeunes de l'équipe pour les mettre à niveau.

Avec l'échange de quelques joueurs, ils avaient besoin de travailler pour être à jour sur nos tactiques.

— On est prêts en attaque aussi, donc on ne décevra personne. Fields ?

Je me tourne vers Jackson.

— Les équipes spéciales sont prêtes. Vous m'avez vu mettre ce botté de précision de soixante yards à l'échauffe-ment ? dit-il en se frottant les mains. Ça va être un jeu d'enfant.

— Un jeu d'enfant, hein ?

La voix du Coach retentit soudain dans un coin.

Tout à coup, nous sommes tous très attentifs.

— Je suis content que vous soyez prêts les gars, mais aujourd'hui ça va être un sacré test. Kansas City a un jeune quaterback brillant qui fait beaucoup parler de lui.

— Non, personne ne peut battre le nôtre ! crie William.

Je souris face à la confiance qu'il me porte.

Le gamin est doué.

Mais je suis meilleur.

— Notre équipe est prête pour le combat. C'est le début de ce qui sera certainement une grande saison. Nous avons de nouveaux joueurs en attaque et en défense. Nous sommes sur tous les fronts. Allez-y et jouez comme nous l'avons fait à l'entraînement et ce sera une bonne journée.

Il fait un signe de tête à Knox qui prend le relais pour le discours du capitaine.

— Vous avez entendu le Coach ! On va leur montrer de quoi on est capables !

L'air est électrique. Tout le monde a hâte d'aller sur le terrain pour commencer le premier match de la saison.

— À trois, on crie la famille. Un, deux, trois…

— La famille ! répète-t-on.

Des acclamations et rugissements retentissent dans le petit vestiaire, dans le but d'intimider l'équipe adverse.

Nous, ça nous stimule. Les gars sautent de partout tandis qu'on se dirige vers le tunnel.

Nous sortons du tunnel en courant lorsqu'on nous annonce et les supporters huent si fort que cela pourrait nous crever les tympans. Kansas City est le pire endroit pour jouer en extérieur. Leurs fans sont violents. Et encore plus avec nous qui sommes leur rival principal.

Ce sera d'autant plus agréable lorsqu'on les battra.

Debout sur la ligne de touche, je m'échauffe avec mon quarterback remplaçant pendant que les rituels d'avant-match commencent. J'étouffe les bruits en lien avec l'arrivée de l'équipe adverse. Je me concentre sur ce que nous devons accomplir aujourd'hui.

Personne ne veut commencer la saison par une défaite. Mais perdre contre une équipe de notre division qui pourrait faire partie des playoffs, c'est tout ce que nous ne voulons pas.

Jackson, Knox, Colin et moi nous avançons jusqu'au centre du terrain pour le tirage au sort, serrant la main de leurs capitaines.

— Bon match, messieurs. Denver, en tant qu'équipe visiteuse, c'est vous qui allez procéder au tirage au sort.

L'arbitre nous montre les deux faces de la pièce.

— Vous dites quoi ?

— Face, dit Jackson.

La pièce se retourne, côté face.

Nous faisons le choix de prendre le ballon à la mi-temps et retournons en courant sur notre côté du terrain.

— OK, les gars, on y va putain !

Knox marche de long en large sur la ligne de touche, encourageant la défense.

— On gère, les gars. On les laisse pas franchir un seul yard !

L'adrénaline monte lorsque les équipes spéciales s'alignent pour le coup d'envoi.

Ça. C'est ce que j'aime plus que tout dans ma vie. La raison pour laquelle je fais de si grands sacrifices dans ma vie personnelle – parce que j'aime ce jeu.

L'atmosphère.

Mes coéquipiers.

L'énergie d'une toute nouvelle saison qui s'apprête à démarrer.

J'adore le football, putain.

Knox et toute la ligne défensive sont en feu pendant le match. Avec deux échappées forcées et un pick-six[1], nous prenons facilement une avance de 21-3 à la mi-temps.

Et la deuxième mi-temps ne fait que s'améliorer. Mes lancers n'ont jamais été aussi propres. Une spirale parfaite vers Colin démarre la mi-temps par un touchdown.

Des matchs comme celui-ci, où nous prenons une avance considérable, nous permettent de relâcher la pression. Ça rend le match amusant. Les gars plaisantent sur la ligne de touche alors que le temps s'écoule.

Denver l'emporte haut la main, 34-17.

L'énergie joyeuse qui circule dans le vestiaire est contagieuse alors que nous célébrons notre première victoire à l'extérieur.

— Les gars, vous avez fait du bon boulot. L'attaque, la défense, les équipes spéciales, tout le monde était au top aujourd'hui. C'est ça que je veux voir plus souvent. On se voit tous mardi pour étudier les vidéos pour la semaine prochaine, mais prenez votre journée demain et soyez prêts pour l'entraînement de cette semaine. Allez, les Mountain Lions !

Les gars entrent et sortent des douches tandis que je reporte mon attention sur mon téléphone. Je reste en retrait, préférant y aller lorsque la salle est pratiquement vide. Comme ça, il y a moins de chance qu'on m'accuse de reluquer qui que ce soit. Même si ça n'a jamais été un problème, mais je n'ai pas envie que ça en devienne un. Au lieu de ça, j'envoie un texto à la seule personne avec qui j'ai envie de partager cette victoire.

ALEX

Tu as regardé le match aujourd'hui ?

CARTER

Oh, il y avait un match de baseball aujourd'hui ? Merde, je crois que je l'ai raté.

T'es le pire, tu le sais, ça ?

Si j'étais vraiment le pire, tu crois que je saurais que t'as généré trois touchdown aujourd'hui ?

Sa réponse provoque en moi un frisson. J'espérais que Carter regarderait le match, mais avec sa réticence envers les joueurs de football, je ne voulais rien présumer.

Non mais regarde-toi, tu parles de football maintenant. Attention, tu risques de finir par aimer ça.

Ne va pas te faire des idées.

Trop tard… toutes sortes d'idées me passent par la tête.

Bon ben, c'était sympa de te connaître en tout cas.

Je lutte contre le sourire que m'arrachent les paroles de Carter. Je pose mon téléphone dans mon casier, j'attrape mes affaires de douche et je vais vite me laver. Je veux retourner voir Carter.

En me séchant rapidement, je m'habille et récupère mon téléphone.

> Ça te dit qu'on se voit demain soir ?

> Ça veut dire quoi exactement « qu'on se voit » ?

> Je vais te ligoter dans ma cave et ne plus jamais te laisser partir.

> Je savais que t'avais envie de me tuer.

Je ricane en lisant le message de Carter.

— Qu'est-ce qui te rend si heureux ? demande Colin en me donnant un petit coup de coude alors qu'il se tient à côté de son casier.

— Quoi ? Rien.

Je verrouille mon téléphone et le remets dans mon sac. Je sais qu'il n'y a aucune chance qu'il ait vu mon écran, mais ça me rend quand même nerveux rien que d'y penser. Ce n'est pas comme si j'avais enregistré le numéro de Carter sous un autre nom.

— Tsss. Bien sûr. Ça, c'est la tête de celui qui a rencontré quelqu'un.

— Mec, tu nous caches quelque chose ? demande Knox en enfilant une chemise par-dessus sa tête.

— Non. C'est rien de spécial.

Même avec ce petit mensonge, j'ai l'impression que ma langue me pique. Je déteste mentir à ces gars – des hommes qui sont devenus des frères pour moi – mais c'est plus facile comme ça.

Qui sait ce qui se passerait s'ils apprenaient la vérité.

— Je n'y crois pas une seconde, ajoute Jackson. Tu as le même sourire neuneu que j'ai quand je pense à Tenley.

— Tu veux dire celui que t'as actuellement ? dit Knox en lui ébouriffant les cheveux.

— Va te faire voir, mec. Je suis prêt à partir d'ici, je veux retrouver ma femme et mon enfant.

— T'es complètement mordu, hein, plaisante Colin.

— Tu peux parler toi. Peyton te manque et on est tous obligés de venir chez toi pour te divertir.

Enfilant mes chaussures, j'attrape mon sac et suis les gars hors du vestiaire.

En montant dans le bus qui nous conduira à l'avion charter, l'énergie est à son comble alors que nous célébrons notre victoire. Je sors mon téléphone de mon sac, espérant voir un message de Carter, et je ne suis pas déçu.

CARTER

À demain soir.

JE NE PEUX PAS EMPÊCHER ce sourire niais sur mes lèvres.

Chapitre Huit

CARTER

Je m'étais dit que je ne viendrais pas ce soir. Mais j'ai senti l'excitation à travers le texto d'Alex. Ça m'a poussé à venir malgré moi.

En sonnant à la porte, j'entends des pas feutrés qui se rapprochent. Lorsqu'Alex ouvre la porte, je me force à ne pas saliver.

Vêtu d'un tee-shirt noir moulant qui dévoile ses moindres abdominaux et la largeur de ses épaules, et d'un jean qui moule ses cuisses, Alex a l'air d'un dieu. Un autel devant lequel je pourrais me prosterner et prier.

— Salut.

J'ai la voix plus rauque que d'habitude et je me force à sortir de ma torpeur.

— Salut. Je suis content que tu sois venu.

Alex me sourit et dévoile des dents d'un blanc nacré.

— Merci de m'avoir invité.

Suivant Alex dans la maison, je regarde autour de moi.

Son salon est accueillant, avec des canapés surdimensionnés qui font face à une cheminée au-dessus de laquelle est accrochée une télévision. Des meubles encastrés bordent chaque côté. Au lieu d'exposer des souvenirs de football, ce sont des photos, que je suppose être de sa famille, qui sont alignées sur les étagères.

Il débouche sur une cuisine que n'importe quel adepte de DIY adorerait. Des plans de travail en granit, des appareils électroménagers brillants et une table de cuisine qui semble pouvoir accueillir toute une équipe de football.

C'est fait pour recevoir.

— Tu veux une bière ?

J'acquiesce et je prends la boisson qu'on me propose.

— La vue est superbe.

La cuisine s'ouvre sur les Rocheuses au loin.

— Tu me crois si je te dis que c'est à cause de Colin que j'ai emménagé ici ?

— Ah bon ?

Alex acquiesce en sirotant son verre.

— Ce quartier était encore en développement lorsque nous avons été recrutés. Il a acheté sa maison et quand je suis venu ici pour analyser des séquences un jour, j'ai été conquis. J'ai acheté la mienne le lendemain.

— Donc tous les Mountain Lions vivent ici ? dis-je en traçant un cercle avec mon doigt pour désigner le quartier.

C'est une banlieue tranquille de la ville.

— Non, seulement Colin et moi. Knox n'aime pas que les gens viennent chez lui et Jackson a emménagé avec sa femme près de Wash Park.

— Ah, les joueurs de foot et leurs gros sous, dis-je en secouant la tête.

— Je préfère ça que de les dépenser dans des trucs dont je n'ai pas besoin, explique Alex en s'adossant à l'îlot en granit, croisant les bras et les chevilles. Tu m'imagines avec un yacht en mer méditerranée franchement ?

Je lui jette un coup d'œil, m'autorisant encore une fois à le parcourir lentement du regard.

— Tu n'es pas du genre à aimer les yachts.

— J'aimerais l'être. Flotter au milieu de l'océan, loin de tous les bruits du match, ce serait bien parfois.

En le voyant comme ça – si détendu chez lui – ça me fait perdre la tête. Là comme ça, c'est juste Alex. Il ne faut pas que j'oublie qu'il est un joueur de foot.

Il aime jouer.

Un joueur qui n'hésitera pas à me la faire à l'envers.

— Bon alors Monsieur le Quaterback, t'es prêt à jouer ?

Il acquiesce en faisant quelques pas vers moi.

— Je préfère te prévenir, je suis très compétiteur.

Je lève les yeux au ciel devant son aveu si évident.

— Sans blague. Le joueur de foot est compétiteur. Si tu ne l'étais pas, tu jouerais au moins pour des rubans de participation.

— Je n'ai jamais vraiment supporté de perdre. Je voulais toujours être à la première place.

Avançant jusqu'à sa table, je pose la boîte de jeu des Aventuriers du Rail.

— Eh bien, je suis désolé de te l'annoncer, mais je suis assez incroyable à ce jeu. Tu devrais te préparer à être deuxième.

— Tu veux qu'on parie ? dit Alex avant de poser sa bière et de m'aider à tout installer.

— N'oublie pas que je suis un professeur. Je ne gagne que quelques centimes à côté de tes millions.

Alex secoue la tête et une mèche de cheveux bruns lui tombe devant les yeux. Mon Dieu, il est terriblement sexy.

— Ce qui est d'ailleurs ridicule. Je joue à un jeu. Et toi, tu enseignes à des enfants qui parlent avec insolence dès qu'ils en ont l'occasion. C'est toi qui devrais gagner des millions.

— Même si ça me fait plaisir, ça n'arrivera jamais.

Je prends une autre gorgée de bière pour tenter d'apaiser cette chaleur qui me monte au visage. Le fait d'être en présence d'Alex réveille toutes sortes de sentiments que je préfèrerais ne pas ressentir.

— Bon, revenons-en à nos paris…

— Oui.

Alex s'assoit et m'indique de faire de même.

— On n'a qu'à dire que celui qui perd doit inviter l'autre à dîner après la convention de vendredi ?

Je prends une minute pour y réfléchir. Alex ne laisse rien paraître.

— Ça marche. Mais si je gagne, tu m'emmènes dans un restaurant de grillades.

— Et si moi je gagne ? dit Alex en haussant un sourcil.

— Je t'emmène dans un fast-food au drive.

Le rire d'Alex est profond et sexy et me fait sourire. J'ai vraiment du mal à le laisser dans la catégorie des athlètes queutards.

— Tu n'as qu'à commencer.

— Très bien.

Nous commençons le jeu, chacun notre tour. Chaque manœuvre reste polie, aucun de nous ne tente de grandes stratégies. Cela m'aide à me concentrer sur le jeu et à calmer mes nerfs.

Car être en présence d'Alex n'est pas bon pour ma santé mentale.

Je m'étais juré qu'après le lycée je ne fréquenterais plus de sportifs. Mais Alex n'est pas n'importe quel sportif.

Oh que non. Il est le quaterback de l'équipe de mon père.

Ce qui est très bien, mais je n'arrive pas à me le sortir de la tête.

Et la façon dont il interagit avec mes élèves n'arrive jamais.

Alors que je me perds dans mes pensées sur l'homme en face de moi, il enfreint soudain les règles.

— Désolé mais ce n'est pas la bonne couleur de train pour cette route, dis-je en le lui indiquant. Tu ne peux pas jouer ici.

— Non, ça, c'est les trains qu'on peut utiliser n'importe où. C'est dans les règles.

— Tu n'as pas assez pour jouer avec. Tu dois les jouer tous en même temps !

— D'après qui ?

Alex se penche un peu plus près. Je vois son regard s'embraser.

— D'après les règles !

Je remonte mes lunettes sur l'arête de mon nez.

— Les règles stipulent que si je tire cinq cartes de la même sorte, elles peuvent être utilisées pour cette route, déclare Alex, comme s'il avait lui-même créé les règles.

— Mais tu n'en as toujours pas assez ! Ce n'est pas juste !

— Ce n'est pas parce que tu perds que c'est injuste.

Un sourire arrogant lui étire les lèvres, comme s'il savait qu'il m'avait battu. C'est censé intimider son adversaire. Mais au lieu de ça, je sens mon sexe durcir dans mon pantalon.

Posant les mains sur la table, je me relève et je me mets face à lui.

— Tu as mal raccordé tes trains et c'est de la triche.

Alex se lève à ma hauteur.

— Une fois de plus, ce n'est pas de la triche. J'ai utilisé les cartes pour acheter les trains qui peuvent aller n'importe où.

Je secoue la tête en soufflant.

— Tu contournes les règles et tu le sais. On ne peut pas changer les règles en maths.

Il baisse ses yeux sombres vers mes lèvres avant de croiser de nouveau mon regard.

— Et qu'est-ce que tu vas faire ?

— J'ai bien envie de rayer tous tes trains de la carte.

Alex sourit, se rapprochant de moi. Je vois ses pupilles s'élargir.

— Je n'aurais jamais cru que tu serais un mauvais perdant.

— Ce n'est pas être mauvais perdant si tu triches.

— Je ne triche…

Enroulant mon poing autour de la chemise d'Alex, je ne réfléchis pas. J'ignore toutes ces petites voix dans ma tête qui me hurlent que c'est mal. J'écrase mes lèvres contre les siennes, le faisant taire. J'ai dû le choquer, car il met un moment à réagir. Mais lorsqu'il le fait ? Waouh…

Juste waouh.

Une main forte m'attrape par la nuque, prenant le contrôle du baiser. Des lèvres fermes ouvrent les miennes et sa langue cherche et commande à chaque coup.

Alex a le même goût que la bière qu'il a bu toute la soirée. L'effluve de son parfum m'envahit. En étant ainsi dans son espace, j'ai envie de ramper sur la table et de lui grimper dessus.

Tellement ce baiser est bon.

— Putain.

Alex rompt notre baiser, respirant avec force.

— Putain, répète-t-il.

— Je n'aurais pas dû faire ça.

Je m'écarte, m'enfonçant dans mon fauteuil, passant une main sur mon visage.

— Pourquoi tu n'aurais pas dû faire ça ?

Alex contourne la table, se tenant à côté de moi.

— T'es un joueur de foot.

— Je prends note. Merci de me l'avoir fait remarquer, dit-il d'un ton amusé.

— Je ne suis qu'un professeur de mathématiques.

— Tu ne vas faire qu'énoncer des faits là ? Parce que si c'est le cas, j'en ai moi aussi.

— Ah oui ? dis-je en levant les yeux vers lui.

— J'ai envie de t'embrasser depuis que je t'ai rencontré.

— Ah bon ?

Alex acquiesce.

— Et j'ai un peu envie de recommencer.

— C'est vrai ?

Décidément, cet homme me rend vraiment crétin.

— Je peux ?

Me léchant les lèvres, je lui donne le feu vert. Tournant mon fauteuil, Alex écarte mes jambes et se place entre elles. Il est confiant, tout comme lorsqu'il court sur le terrain.

Il relève mon menton du doigt et se penche vers moi. Ce baiser est léger comme une plume, mais il déclenche toute une tempête d'émotions dans mon ventre. Sa langue ouvre de nouveau ma bouche.

Je devrais être gêné par ce gémissement qui m'échappe, mais je m'en fiche. Je m'abandonne et laisse Alex prendre le contrôle tandis qu'il prend son temps.

Me goûtant.

Explorant.

Découvrant exactement ce qui me plaît. Mes doigts glissent sur les muscles que son tee-shirt recouvre, et je me délecte de ses gémissements. Je les dévore tous tandis que sa langue continue de s'entremêler à la mienne.

Il s'écarte et dépose un baiser sur le coin de mes lèvres. J'ai envie de tendre les bras pour que ça continue. Je ne sais pas combien de temps s'est écoulé, mais clairement pas assez.

Car tout ce que je veux, c'est que sa bouche soit de nouveau sur la mienne.

— Même si j'adorerais continuer, chuchote Alex contre mes lèvres, je dois m'entraîner tôt demain matin.

— Et moi j'ai école.

— Ce n'est que partie remise ?

Alex dépose un autre baiser sur mes lèvres, mais lorsqu'il s'écarte, je le garde contre moi, mordillant sa lèvre inférieure.

— J'imagine.

Ses yeux sont pleins de désir, sans doute comme les miens.

Je me mets debout, à sa hauteur. J'attrape sa nuque et dépose un dernier baiser sur ses lèvres.

Parce que je ne peux pas m'en empêcher ce soir. Je veux le goûter et me perdre dans ces sensations.

— On se voit toujours ce week-end ? demande Alex en se raclant la gorge.

Nous rangeons le jeu, nos visages rougis par cette session de pelotage. Je cale le jeu sous mon bras.

— Tant que tu ne demandes pas une revanche, oui.

Le coin de sa bouche, toujours gonflé par nos baisers, s'étire en un rictus arrogant.

— Oh que si, on aura cette revanche. Attends de voir.

— Les dés sont jetés, Monsieur le Quaterback, les dés sont jetés.

Chapitre Neuf

—Qu'est-ce qu'il y a dans ces boîtes ?

Je dépose les derniers cartons dans le nouvel appartement de mon frère. C'est un petit studio en plein centre de Denver, avec une vue imprenable sur le stade.

— J'espère que ce n'est pas ma vaisselle, parce que tu viens de la casser, dit Tommy en secouant la tête dans ma direction tout en sortant de la cuisine. Tu veux une bière ?

Je prends la bouteille et la bois presque d'un trait.

— J'en avais besoin.

— Merci de m'aider à emménager, frérot, ajoute Tommy en me tapotant sur l'épaule avant de se laisser tomber sur le canapé.

C'est bien un truc d'homme d'avoir son canapé et sa télévision installés avant tout le reste dans son nouvel appartement.

— Tu sais, j'aurais pu engager des déménageurs pour t'aider.

— Je ne voudrais pas que tu gaspilles ton argent, dit-il en agitant la main.

— J'espère pour toi que je n'aurai pas de courbatures pour le match cette semaine. On joue à Vegas.

Je m'assois en face de lui tandis qu'il met *SportsCenter*[1]. Les analystes discutent du dernier tweet de Hollins, qui nous vise.

— Ce Hollins ne se tait jamais.

— Et encore, c'est pire sur le terrain. Il hurle des conneries, se plaint des arbitres et j'en passe. C'est le joueur le plus désagréable de la ligue.

— Je suis dégouté qu'on soit obligés de jouer deux fois contre Vegas cette année. C'est vraiment les pires, dit Tommy.

Je lui donne un petit coup sur l'épaule.

— C'est pas toi qui es obligé de jouer deux fois par an contre eux.

— Hé. Tu ne crois pas que tout le monde parle de leur équipe comme s'ils en faisaient partie ?

Je m'esclaffe.

C'est bien vrai.

— Essaie de te faire poursuivre par des défenseurs de 100 kilos, tu verras.

— Je te laisse faire.

— Je suis vraiment content que tu sois là, maintenant.

— Écoute, j'ai toujours voulu être ici. Heureusement que mon travail a accepté.

Mon frère aîné et moi avons toujours été proches. Il était mon idole en grandissant. Quand il a rejoint l'équipe de football, j'ai voulu être comme lui et jouer. Alors qu'il le faisait pour s'amuser au lycée, j'ai découvert que j'avais un don pour ce sport.

Depuis, il est mon plus grand fan. Et mon confident le plus proche.

— Allô, Alex ici la terre. Tu m'écoutes ?

— Désolé, qu'est-ce que tu disais ?

— Des mecs à l'horizon ?

Je regarde l'étiquette de la bouteille de bière, soudain nerveux à l'idée d'avoir cette conversation. Mon frère est l'une des trois personnes qui savent que je suis gay.

Enfin, maintenant quatre.

Ce serait une conversation encore plus gênante avec Carter si je n'étais pas gay après l'avoir embrassé à pleine bouche.

Si quelqu'un d'autre est au courant, ça va devenir un vrai problème.

— Tu sais que je ne peux pas me montrer avec quelqu'un en public.

Tommy me fixe de ses yeux bruns. Petit, quand il faisait ça, je lui avouais tout. Maintenant, ça ne me fait même plus peur.

— Ce n'est pas ce que j'ai demandé.

Je bois le reste de ma bière. Je ne veux pas lui mentir, mais je ne veux pas non plus donner trop d'importance à ma relation avec Carter. Ce qui se passe entre nous est encore si nouveau que je n'ai pas envie de nous porter la poisse.

— Ben plus ou moins.

— Plus ou moins ? C'est-à-dire ?

Soufflant nerveusement, je lui confie mon plus grand secret.

— J'ai rencontré quelqu'un.

— Oh putain.

— Ouais, dis-je désormais très anxieux. Tu veux une autre bière ?

— Oublie la bière. Je ne t'ai encore jamais entendu parler d'un mec. Jamais.

— Ce n'est pas parce que je ne t'en ai jamais parlé qu'il n'y a jamais eu personne.

Tommy secoue la tête.

— Non. Je ne parle pas d'aventures. Je sais que tu en as eues. Tu as eu un petit ami au collège avant qu'on déménage. Puis tu as rejoint l'équipe de football et tu as décidé que c'était mieux si personne ne le savait. Il n'y a jamais eu personne depuis.

— J'ai envie qu'il ait une place dans ma vie, je lui avoue.

C'est mon plus grand secret.

Enfin, mon deuxième plus grand secret.

Parce que je n'ai jamais autant désiré quelqu'un comme je désire Carter.

Et ça ne fait que quelques semaines.

— Il est au courant ?

— J'ai besoin d'une bière.

Ignorant mon frère, j'attrape une autre bouteille et j'en bois une gorgée.

— Alex.

Je n'imagine pas la tête que je fais, car mon frère me regarde avec plus de douceur.

— Il n'est pas au courant, c'est ça ?

Je secoue la tête.

— Tu crois qu'il serait avec moi s'il le savait ?

— Ce n'est pas juste pour lui.

— Tu crois que je ne le sais pas ?! je crie. Tu connais ma situation.

— Ce n'est pas pour autant que tu dois tirer les gens vers le bas.

— Oh merci, connard.

— Ce n'est pas ce que je voulais dire, et tu le sais, dit Tommy en me lançant un regard noir. Il est clair que tu aimes bien ce type, mais on ne peut pas construire une relation sur un mensonge.

La culpabilité me picote la peau et me dévore.

— Je sais.

— Alors pourquoi le fais-tu ?

— Parce que je veux voir où ça nous mène. Et si ça ne veut rien dire ?

Tommy lâche un rire moqueur

— Ça veut déjà dire quelque chose puisque tu m'en parles.

— Sois franc avec moi. Est-ce que je suis quelqu'un d'horrible ?

Posant son verre, Tommy m'attrape par les épaules et me tourne vers lui.

— Non.

— Mais ?

— Ta situation est très compliquée. Je me souviens comment sont ces vestiaires. Je ne m'imagine pas entendre ce que tu dois entendre sans hurler sur tout le monde. Personne n'emploie ces termes dans une conversation déjà polie alors je ne comprends pas qu'on puisse les utiliser comme insultes.

Je baisse la tête, honteux.

— Tu ne me réconfortes pas là.

— Juste, promets-moi un truc, d'accord ?

— Quoi ?

— Si ça devient sérieux entre vous, tu lui diras.

La peur me serre les tripes.

— Et si je le perds ?

— C'est une décision avec laquelle tu devras vivre.

Putain.

La vie serait tellement plus simple si j'aimais les femmes. Je ne serais pas obligé de me cacher et de rester à la maison lorsque mes coéquipiers ont envie de sortir pour aller draguer des filles.

Tout ce que je veux, c'est être avec quelqu'un que j'aime. Le fait que j'ai envie que cette personne soit un homme ne devrait pas avoir d'importance.

Pourtant, voilà.

Je me retrouve entre le marteau et l'enclume.

— Pourquoi c'est pas toi la star de la NFL dans la famille ? je plaisante en essayant d'atténuer cette tension qui s'est installée.

— Je n'en sais rien. Heureusement que j'ai hérité des gènes de la beauté au moins.

— Va te faire voir, dis-je en poussant mon frère sur le sofa.

L'instant est passé mais ses mots me nouent encore le ventre.

Mon téléphone vibre dans ma poche et je le sors pour regarder l'écran.

— Oh putain, c'est lui ?

— Comment tu le sais ?

— Parce que tu as un sourire complètement crétin.

— C'est faux.

Mais je sais que c'est vrai. Car le message de Carter qui me confirme que l'on se voit bien ce week-end me rend heureux.

Plus heureux que je ne l'ai été depuis longtemps.

Ces sentiments de joie repoussent cette culpabilité grandissante.

Je veux passer le peu de temps que j'ai durant cette saison avec lui.

C'est peut-être la pire décision que j'ai prise depuis longtemps.

Mais c'est à l'Alex du futur de s'en soucier.

L'Alex du présent a un rencard avec un homme qui lui provoque des papillons dans le ventre.

Et c'est tout ce sur quoi j'ai envie de me focaliser.

Chapitre Dix

— Je n'arrive pas à croire que tu te sois disputé avec quelqu'un à cause de Marvel et DC.

Je m'esclaffe en me glissant sur la banquette du restaurant désert. Les sièges en plastique rouge craquent lorsque nous nous y asseyons. L'odeur des frites et du mauvais café imprègne l'air. Un restaurant américain classique.

Avec l'emploi du temps de fou d'Alex et le match ce week-end, nous avons dû nous rendre à la convention plus tard que ce que j'aurais aimé. Comme j'étais avec Alex je m'attendais à ce qu'il soit assailli. Mais en changeant légèrement son apparence – terriblement sexy d'ailleurs – personne ne lui a prêté attention.

Même lorsqu'il s'est disputé avec quelqu'un pour défendre les personnages qu'il considérait être les meilleurs.

— Si tu avais dit que tu préférais Marvel à DC, on aurait dû immédiatement mettre un terme à notre relation, dit-il en nous désignant du doigt.

— Non, mais attends, j'adore Superman. Mais Thor ? Honnêtement je me le ferais.

Alex éclate de rire en face de moi tandis qu'une dame plus âgée nous apporte les menus.

— Bonsoir, les garçons. Je vous sers quelque chose ?

— Je vais juste vous prendre un café, noir et…, je jette un coup d'œil au menu et choisis la première chose qui attire mon attention. Des frites au fromage.

Alex lui sourit.

— Pareil.

— Je vous apporte ça tout de suite.

— Bref, revenons-en à cette histoire de Thor…, commence Alex.

— Tu ne peux pas avoir un problème avec Thor ! j'aboie en tapant de la main sur la table. T'as vu les films. Même toi tu ne pourrais pas dire non à ces muscles.

— Je ne dis pas que c'est ce que je ferais, mais pour moi, le meilleur reste Captain America.

Je le parcours du regard observant son sweat à capuche et sa casquette, et je comprends soudain.

— T'es déguisé en Cap lorsqu'il se rend au musée.

Alex lâche un long rire profond.

— T'as mis du temps à t'en rendre compte. Je pensais pourtant que ce serait assez facile à deviner.

— Je suis vraiment un idiot.

— Un idiot plutôt mignon, si ça peut te réconforter.

Alex me sourit tandis qu'on nous apporte nos cafés et nos frites.

— T'es sûr que tu as le droit de manger ça pendant l'entraînement ?

Alex agite la main vers moi en enfonçant trois frites dégoulinantes de fromage dans sa bouche.

— Ça n'a pas d'importance.

Même lorsqu'il mange des frites, il est sexy. Mon Dieu, mais pourquoi cet homme me fait-il tant d'effet ?

— Si tu vomis pendant le match dimanche, rappelle-toi que ce n'est pas de ma faute.

— Tu vas regarder de nouveau ?

Je lève les yeux au ciel.

— Pourquoi tu crois que tout tourne toujours autour de toi ?

— Hé, j'ai jamais dit ça. C'est juste que ça m'a fait plaisir que tu regardes le premier match. Ça t'intéresse de savoir que j'avais envie de mieux jouer ? En t'imaginant en train de regarder ?

— Je n'ai jamais porté chance à personne auparavant, je chuchote d'une toute petite voix.

— OK, il faut vraiment que tu me dises à qui je dois foutre une raclée pour te venger là.

— Ryan Cook, dis-je sans réfléchir.

— Et qu'est-ce que ce Ryan Cook t'a fait ?

Alex s'adosse au dossier et croise les bras. Il est en mode défensif pour moi et j'adore ça malgré moi.

Je souffle.

— Ce n'est pas une histoire que j'aime raconter. Mais c'est à cause de lui que j'ai un problème avec les joueurs de football.

— Qu'est-ce qu'il t'a fait ?

— Il m'a brisé le cœur devant toute l'équipe de foot.

Alex grimace.

— Ça a l'air horrible, mais qu'est-ce qui s'est passé exactement ?

— Je pourrais presque croire que tu sais lire dans les pensées comme Mantis.

Il lâche un doux rire.

— Je trouve ça mignon que tu penses pouvoir

détourner mon attention. Tu peux me faire confiance, Carter.

Les briques du mur que j'ai érigé autour de mon cœur s'effondrent. C'était facile de ne pas lâcher prise avec les hommes que je rencontrais. Aucun d'eux ne méritait que je baisse ma garde. Mais il y a quelque chose chez Alex qui m'attire.

Derrière toutes ces protections et ces maillots, il est exactement comme moi.

Il aime des choses inattendues.

— On a commencé à sortir ensemble en première au lycée. Il était en terminale et faisait partie de l'équipe de football. J'avais fait mon coming out et tout le monde le savait. Un jour, j'étais en train d'étudier à la bibliothèque et il m'a demandé si on pouvait étudier ensemble.

Alex ne dit pas un mot. Il me laisse parler en sirotant son café.

— On a fini par s'embrasser plus qu'on a étudié.

— Comme la plupart des lycéens, dit Alex en me souriant.

— Après ça, on s'est souvent retrouvés après l'entraînement. C'était beaucoup de branlettes maladroites sous les gradins et de mauvais baisers. Mais je ressentais vraiment quelque chose pour lui. Il disait que j'étais son premier petit ami.

— Oh, mon Dieu. Ça ne présage rien de bon.

Je secoue la tête.

— Non. J'hésitais à l'inviter au bal de fin d'année. J'avais envie d'y aller. De prendre un costume, partager une limousine… tout le tra la la. Je voulais marquer le coup, dis-je.

— Tu sais, pour quelqu'un qui n'aime pas le football, tu connais bien le vocabulaire.

— Heureusement que t'es mignon, toi, dis-je en

feignant de lui lancer un regard noir.

— C'est ce qu'on m'a dit oui. Continue.

Il agite la main, me laissant poursuivre.

— J'ai enfin eu le courage de lui demander d'être mon cavalier après l'entraînement un jour. Il m'a dit qu'il n'était pas gay et m'a poussé. J'ai trébuché et je suis tombé sur la fontaine à eau devant tout le monde.

Alex pâlit.

— Mais le meilleur dans tout ça, c'est qu'il a essayé de me prendre à part après, sous les gradins, pour me dire qu'il ne pouvait pas laisser ses amis se moquer de lui parce que je lui plaisais.

Frottant son visage, Alex se tourne vers la vitre. La lueur des lampes du restaurant se reflète sur sa mâchoire, désormais couverte d'une barbe fine.

— Depuis, je suis une règle très stricte qui est de ne pas sortir avec des joueurs de football.

Alex se tourne de nouveau vers moi, son regard ayant un peu perdu de sa superbe.

— Si j'étais un basketteur, tu pourrais sortir avec moi ?

— Oh, ça ne me poserait aucun problème.

Je souris, repoussant ces sentiments désagréables que cette histoire fait toujours ressortir.

Je déteste parler de mes humiliations de l'époque, mais je sais que je suis en sécurité avec Alex. C'est quelqu'un en qui je peux avoir confiance et qui ne me ferait pas la même chose.

— Pourtant tu es toujours avec moi.

Je lève les yeux au ciel.

— Ben oui. Tu es quelqu'un pour qui j'ai envie d'enfreindre cette règle.

Cherchant son portefeuille, Alex jette un billet de cent dollars sur la table.

— Ça te dit d'enfreindre d'autres de tes règles ce soir ?

Chapitre Onze

Carter est sur moi avant même que je n'aie le temps de fermer la porte. Mais je m'en fiche. Depuis qu'il est venu me chercher, aussi sexy que jamais dans une tenue simple pour la convention, j'ai eu envie de le toucher. Habillé comme Clark Kent, il était un fantasme ambulant.

Ses lèvres tracent un chemin brûlant le long de mon cou, le suçant et le mordillant. Je le repousse.

— Est-ce que tout va…

Je ne le laisse pas terminer sa phrase avant de prendre ses lèvres de façon presque punitive. Il a l'haleine fraîche après ce bonbon à la menthe que nous avons pris en quittant le restaurant. Je glisse ma langue dans sa bouche. J'ai envie de prendre mon temps, d'explorer et d'apprendre tout ce qu'il y a à savoir sur cet homme, mais je n'ai aucune patience pour le moment.

J'ai envie de le sentir me pénétrer. De sentir sa bouche aspirer mon sexe. Je veux tout.

— On devrait probablement aller dans une pièce plus propice à nos envies, dit Carter en penchant la tête sur le côté, mes lèvres descendant désormais le long de son cou.

—Je suppose, oui.

Écartant sa bouche de la mienne, j'observe cet homme un peu ébouriffé en face de moi. Ses yeux sont pleins de désir, ses lèvres sont gonflées et son cou est rouge à cause de la friction de mes poils.

J'ai tellement hâte de voir à quoi il ressemblera une fois que nous aurons tous les deux couché ensemble.

Prenant sa main dans la mienne, je le guide à travers ma maison. Je n'allume aucune lumière.

Je ne pense qu'à une chose, c'est de l'amener dans ma chambre.

Et qu'il soit nu. Clairement nu.

Je marche d'un pas pressé lorsque je tourne à l'angle de la chambre principale. Carter est juste derrière moi. La lueur faible de ma lampe de chevet éclaire la pièce d'un halo doré. On dirait que les yeux de Carter s'embrasent tandis qu'il avance vers moi.

À chacun de ses pas, mon sang bouillonne de désir.

Je ne me souviens pas de la dernière fois où j'ai ressenti ça. Habituellement, je n'arrive jamais vraiment à lâcher prise. Mais avec Carter je sais – j'en suis persuadé – que j'y arriverai.

— Tu m'as l'air de réfléchir à des choses très sérieuses.

Carter m'attrape par les hanches, m'attirant contre lui. Son sexe dur effleure le mien.

—Je pense à la façon dont j'ai envie de toi.

— Et alors ?

Carter me fait reculer contre la commode qui se trouve en face de mon lit. Mon très grand lit où j'ai hâte qu'il me prenne. Je perçois une lueur coquine dans ses yeux lorsque sa bouche se rapproche de la mienne.

— Je veux que tu prennes le contrôle, je souffle contre ses lèvres.

— Attends, quoi ?

L'état de luxure intense dans lequel il se trouvait semble s'évaporer.

— Je veux te sentir en moi.

— Je suis perdu là.

— Tu sais comment ça marche non ? dis-je en riant et en nous désignant du doigt.

Carter lève les yeux au ciel.

— Sans blague, Sherlock. J'ai déjà fait ça avant. Je pensais plutôt que je serais en dessous comme t'es au-dessus.

— Qu'est-ce qui te fait penser que d'habitude je suis au-dessus ?

Il fronce les sourcils.

— Ben, t'es quaterback. C'est toi qui mènes le jeu sur le terrain. Tu dois tout contrôler. Je pensais que tu serais aussi au-dessus.

Je ne peux retenir le sourire qui se dessine sur mes lèvres.

— Eh bien tu te trompes.

— Ah bon ?

J'acquiesce, l'embrassant de nouveau.

— C'est moi qui contrôle tout sur le terrain. Dans les vestiaires. Partout. Je suis obligé pour être le meilleur à mon poste. Donc, la dernière chose dont j'ai envie, c'est d'avoir le contrôle sous la couette.

Carter glisse un doigt sous la ceinture de mon pantalon, me taquinant doucement. Cela provoque un éclair de chaleur le long de ma colonne vertébrale, crispant mes bourses.

— Donc t'es en train de me dire que tu veux que je te domine ?

La chaleur dans son regard est revenue. Mon sexe durcit en imaginant ce que cet homme peut me faire.

— Domine-moi. Contrôle-moi. Prends-moi.

— Putain, c'est tellement sexy.

Carter m'embrasse avec autorité, ses lèvres et sa langue se déplaçant avec expertise sur les miennes. Ses doigts meurtrissent ma peau tandis qu'il me serre contre lui.

— Prep[1] ?

J'acquiesce et j'ajoute :

— Et je me suis fait récemment tester.

— Super. Moi aussi. Maintenant, mets-toi sur le lit.

Je ne quitte pas Carter des yeux alors que je fais deux pas en arrière jusqu'à ce que mes genoux heurtent le matelas. Je fais passer mon tee-shirt par-dessus ma tête et me place au centre du lit, m'appuyant contre les oreillers. Carter contourne le lit. Il ne me quitte pas des yeux.

— Mets les mains près de la tête et ne les bouge pas.

Qui aurait cru que mon professeur de mathématiques sexy, dont le visage brille d'excitation dès que l'on évoque des chiffres, aime dominer sous la couette ?

— Mon Dieu, ton corps est tellement sexy c'est presque injuste.

— Et pourtant, tu n'en as pas encore profité.

Mon sexe est douloureusement dur, le bout humide pointe derrière mon pantalon. Je sens les yeux de Carter partout sur moi. Tout ce que je veux, c'est que sa bouche soit sur moi. Quelque part. N'importe où. Je m'en fiche, j'ai juste besoin d'être soulagé.

Posant un genou sur le lit, la présence de Carter semble envahir toute la pièce. C'est comme si on avait appuyé sur un interrupteur. Au lieu de l'homme calme et discret que j'ai appris à connaître, il est désormais possédé.

— Je l'ai déjà imaginé.

Carter glisse sa main par-dessus la bosse de mon pantalon, me serrant doucement. Je me cambre à son contact, désirant plus.

— Te voir allongé et à ma merci.

— S'il te plaît.

Carter se penche vers moi, ses lèvres à quelques centimètres des miennes.

— S'il te plaît quoi ?

— Peu importe. Mon Dieu, je veux juste te sentir sur moi, je le supplie.

Je m'en fiche. Toutes les cellules de mon corps sont en feu, cherchant à ce que cet homme m'arrache à ma misère et me fasse ressentir quelque chose.

— Je devrais vraiment te punir et te faire attendre.

La main de Carter remonte sur mon ventre, traçant chaque creux et chaque sillon de mes abdominaux. J'essaie de réduire la distance entre nos lèvres, mais Carter recule.

Je gémis de frustration.

— Il y a un problème ?

Carter effleure mon téton des doigts. Cette simple caresse me rend prêt à jouir dans mon pantalon. Il m'a à peine touché que je lâche déjà prise.

— Tu sais bien que oui.

— Tu sais que j'adore résoudre les problèmes. Quel est le tien ?

Un sourire m'étire les lèvres.

— Ça fait partie de tes penchants ?

Caressant ma mâchoire du bout de son nez, ses lèvres tracent le contour de mon oreille.

— Fais-moi plaisir et peut-être que je t'aiderai à résoudre ce problème.

Penchant ma tête vers lui, je chuchote :

— Je suis douloureusement dur et l'homme frustrant et sexy qui est dans mon lit ne semble pas vouloir faire quoi que ce soit pour y remédier.

— Effectivement, ça m'a tout l'air d'être un problème.

Carter passe une jambe par-dessus ma hanche, s'installant sur moi.

Sa queue s'aligne parfaitement avec la mienne. Le pantalon moulant qu'il porte ne cache en rien sa propre érection.

— Mais tu as de la chance.

— Ah oui ?

Je me frotte à lui, luttant contre l'envie de l'attirer vers moi. Je place mes mains sous ma tête pour ne pas être tentée. Il esquisse un sourire diabolique juste avant de m'embrasser. Et bordel, quel baiser ! Je lutte pour respirer tandis qu'il défait ma ceinture et fait doucement glisser ma fermeture éclair.

Lorsque sa main entre en contact avec mon sexe, je lutte de toutes mes forces pour ne pas exploser à son contact.

— Putain, c'est bon.

— Alors tu vas aimer la suite.

Il affiche un sourire coquin en glissant le long de mon corps. Ses yeux bleu foncé restent rivés sur les miens pendant qu'il baisse mon pantalon. Faisant glisser mon caleçon juste en dessous de mes bourses, mon sexe jaillit comme un cadeau.

— Ta queue est encore mieux que ce que j'avais imaginé.

Il tire la langue pour lécher les quelques gouttes annonciatrices qui coulent le long de l'extrémité gonflée.

— Encore. Mon Dieu, encore.

Cette fois-ci, Carter ne me fait pas attendre. Aspirant le bout dans sa bouche, j'obtiens enfin le soulagement que j'ai attendu toute la soirée. Sa langue s'enroule autour de la peau veloutée. À chaque mouvement, mon sexe s'épaissit dans sa bouche. Il est encore plus sexy avec ses lèvres enroulées autour de moi.

C'est un très beau spectacle.

La bouche de Carter remonte avant de m'aspirer

jusqu'au fond de la gorge. La chaleur et la moiteur me rapprochent de plus en plus de l'extase.

Mais étant plutôt taquin, il se retire, sa main serrant la base de mon sexe pour m'empêcher de jouir.

— Mon Dieu, t'es vraiment le pire, je gémis.

— Le pire ou le meilleur ?

— Le pire. Clairement le pire, dis-je en posant mon bras sur mes yeux de façon théâtrale.

Peut-être que si je ne regarde pas cet homme sexy et taquin, ça m'aidera.

— On dirait qu'il y en a un qui n'aime pas le edging[2].

J'ouvre un œil.

— Toi non plus ça ne te plairait pas si tu ne pouvais pas jouir.

Carter fait glisser sa langue le long de la veine qui parcourt mon membre.

— Crois-moi, tu vas finir par adorer.

Carter se lève, enlevant le reste de ses vêtements.

— J'apprécie déjà plus.

La silhouette de Carter me donne envie de saliver. Des poils doux recouvrent son torse et une bande de poils plus clairs descend jusqu'à son sexe épais. Un sexe qui s'élance droit vers moi.

— Tu vas me taquiner avec ce truc toute la nuit ou tu vas me laisser jouer un peu ?

Je tends la main vers lui, mais il l'écarte.

— Le lubrifiant ? Les préservatifs ?

Sa voix est rauque tandis qu'il se caresse lentement.

— Dans la table de nuit.

Carter fouille dans le tiroir, cherchant ce dont il a besoin. Il les jette sur le lit puis grimpe dessus en prenant mes lèvres avec un baiser brûlant.

Peau contre peau.

Sexe contre sexe.

La sensation de cet homme au-dessus de moi m'incite à me frotter contre lui.

Je gémis lorsqu'il saisit nos sexes dans sa main, nous caressant à l'unisson.

— Putain, Alex.

Son souffle est chaud contre mon cou. J'enroule mes jambes autour de sa taille, l'attirant plus près de moi.

— J'ai hâte de te sentir en moi.

Carter recule, un sourire narquois se dessine sur ses lèvres gonflées par les baisers.

— Alors je ferais mieux de m'y mettre.

Carter lubrifie ses doigts et les fait glisser le long de mon sexe avide, de mes bourses à mes fesses. Sa légère caresse m'amène si près de l'extase que je dois me mordre le poing pour ne pas jouir.

Je n'imagine pas ce que je vais ressentir lorsqu'il sera en moi.

— Ça va ?

Je le regarde. Ses doigts n'ont pas bougé.

— Pénètre-moi.

Ondulant des sourcils, Carter enfonce un doigt. Lentement. Une lenteur si douloureuse que je ne peux pas la supporter.

Je serre les draps dans mes poings et m'énumère des statistiques pour ne pas jouir.

— T'es tellement beau. Ça te va si bien de me prendre comme ça.

Carter repousse ma jambe, m'ouvrant encore plus à lui.

— Ce sera encore plus beau quand ce sera avec mon sexe.

Son souffle chaud caresse mes bourses tandis qu'il en aspire une dans sa bouche et enfonce en même temps deux doigts en moi.

Il m'étire tandis que je recule, voulant plus. J'ai besoin de plus. J'ai terriblement envie de plus.

— Je suis prêt. Putain, je suis tellement prêt.

Cette fois-ci, Carter ne me taquine pas. Il attrape un préservatif et l'enfile sur son sexe.

— Retourne-toi. À quatre pattes.

J'obéis immédiatement lorsque je l'entends ôter le bouchon du lubrifiant. Il en verse encore un peu sur moi avant que je ne sente le bout de son sexe. Des mains fortes écartent mes fesses tandis qu'il s'insère.

— Ouiiii, je siffle.

— T'es tellement beau quand tu me prends, dit Carter comme s'il me vénérait en s'enfonçant, dépassant l'anneau musculaire serré.

Il s'enfonce un peu plus, ses bourses frappant mes fesses en allant jusqu'au bout.

— Putain. Putain.

Ça ne devrait pas être aussi bon. Mais mon Dieu, qu'est-ce que ça l'est.

Recouvrant mon corps du sien, Carter commence à bouger. Sa peau lisse frotte contre la mienne. Chaque fois qu'il revient en moi, chaque fois qu'il effleure ma prostate, mes bourses se dressent de plus en plus haut.

— Carter. Putain, je gémis. Je suis tellement proche. Plus fort.

Carter se retire, m'attrapant par les hanches.

— Touche-toi.

M'appuyant sur mon avant-bras, je prends mon membre dans ma main tandis que Carter me pénètre. Il est déterminé. Chaque gémissement, chaque claquement de peau me rapproche de l'extase.

— Je veux que tu jouisses, bébé, chuchote Carter.

Carter s'agrippe à moi tandis que je prends tout ce

qu'il a à m'offrir et je sens les premières étincelles de liberté.

— Tu me serres tellement. Putain, c'est incroyable.

Avec une dernière caresse contre ma prostate, j'explose.

— Putain, Carter ! je hurle.

Je me fiche que les gens m'entendent au bout de la rue, car ma semence jaillit inlassablement. Ça n'a jamais été aussi bon.

— Ouiii, gémit Carter alors que je le sens palpiter en moi. Oui !

Il s'arrête et se positionne en moi, s'abandonnant à son propre orgasme. Puis Carter s'effondre sur moi et aucun de nous ne bouge plus.

— Putain.

Je tourne la tête vers lui et je ne lis que le plaisir dans ses yeux.

— Si t'arrives encore à parler, c'est que je n'ai pas fait un bon travail, dit Carter d'une voix essoufflée.

Je lui souris en l'embrassant légèrement.

— Alors je suppose que c'est une bonne chose que nous ayons toute la nuit.

Chapitre Douze

En me réveillant, je sens que la place à côté de moi dans le lit est froide. La lumière du soleil qui entre par les fenêtres d'Alex est presque aveuglante. Mais cela ne m'empêche pas de remarquer qu'un certain quaterback manque à l'appel. Les échos faibles d'une musique retentissent à l'étage. Je laisse échapper un gémissement en m'étirant. Mon corps est fatigué après la nuit dernière. J'ai pu apprendre à connaître le corps d'Alex ainsi que chaque zone qui lui font du bien.

Cela me fait durcir. Repoussant les pensées de la veille, j'attrape mon caleçon du tas de vêtements sur le sol et suis les bruits qui proviennent d'en bas.

J'étais trop focalisé sur Alex la nuit dernière pour vraiment examiner l'étage supérieur de sa maison. C'est chaleureux avec les photos de ses amis, de sa famille et de lui en train de jouer, accrochées au mur. J'adore ce côté si accueillant. Je m'attendais à quelque chose de bien plus moderne, mais Alex continue de me surprendre.

Surtout lorsqu'il se tient devant les fourneaux.

Seulement vêtu d'un caleçon.

Putain, c'est vraiment l'homme le plus sexy que j'ai jamais vu.

C'est injuste d'avoir un dos aussi sexy.

Pourtant c'est son cas.

En voyant ses muscles onduler à chaque mouvement, j'envisage d'autres façons de le voir réagir.

Merde, j'ai seulement passé une nuit avec Alex et il a déjà fait de moi une bête de sexe.

— Tu vas continuer de me fixer du regard ou tu viens prendre ton petit déjeuner ?

Touché.

Il n'a même pas eu besoin de se retourner pour savoir que j'étais derrière lui.

— Pardon, je profite juste du spectacle.

Je m'approche de lui et pose mon menton sur son épaule.

—Je vois ça.

Il croise mon regard et je ne peux pas m'en empêcher. Je l'embrasse longuement et lentement.

Après ces baisers enivrants de la nuit dernière, je n'arrive pas à être rassasié.

— Salut, dit-il d'une voix éraillée.

— Salut.

J'enroule les bras autour de lui et je regarde ce qu'il est en train de faire.

— Qu'est-ce que j'ai fait pour mériter un tel service ?

—Je crois que tu le sais.

Alex se penche un peu plus contre moi en faisant tourner les œufs et les légumes dans la poêle. Le café gargouille dans la casserole à côté de la cuisinière.

—Je risque de m'y habituer.

Je dépose un baiser dans son cou et m'écarte. J'attrape une tasse sur laquelle est écrite « *C'est cool d'être un geek* » et me sers un café avant de m'asseoir sur le comptoir.

— Et moi je risque de m'habituer à te voir dans ma cuisine tous les matins.

Alex me lance un sourire narquois tout en préparant notre petit déjeuner.

Lorsqu'il se tourne vers moi, je remarque la marque violette sur son pectoral.

— Oh merde. C'est moi qui ai fait ça ? dis-je en désignant le suçon sur son torse.

Alex se place entre mes jambes, posant ses mains de chaque côté.

— Oui.

— J'espère que les gars ne vont pas te faire chier avec ça dans les vestiaires.

Alex me fait un sourire nonchalant.

— Je ne me fais pas de souci pour ça, dit-il avant de traîner son doigt le long de mon propre pectoral. Ce qui m'inquiète, c'est que tu n'aies pas le même.

Ses yeux sont sombres et pleins de désir. Mais le grondement de mon estomac interrompt ce qui est sur le point de se passer.

— On dirait que ça t'a ouvert l'appétit.

Retirant la poêle des plaques, Alex répartit les œufs dans deux assiettes et m'en tend une. Il se tient juste à côté de moi, assis sur le comptoir, et en prend une bouchée.

Je gémis de plaisir.

— C'est délicieux.

— Je suis content de voir que c'est facile de te satisfaire.

— Je dirais que c'est une relation symbiotique.

Je dépose un baiser rapide sur les lèvres d'Alex avant de prendre une autre bouchée.

— Je croyais que tu étais un professeur de statistiques pas de sciences, dit Alex en haussant les sourcils.

— Oui, mais ça ne veut pas dire que je ne sais pas ce que tous mes élèves étudient d'autre.

Alex repose son assiette vide après avoir avalé son petit déjeuner.

— T'es un bon professeur, tu le sais ça ?

Je hausse les épaules.

— Parfois j'ai du mal à me faire écouter, mais ça me fait plaisir que tu penses ça.

— Je te rappelle que si tu n'avais pas été enseignant on ne se serait jamais rencontrés.

J'observe l'homme devant moi. Ce serait bien dommage.

Pas seulement à cause de son corps incroyable. Mais aussi parce qu'il est la plus grande surprise de ma vie.

Et qu'il continue de me surprendre avec ses goûts musicaux.

— Tu peux m'expliquer pourquoi tu écoutes du boys band ?

J'essaie de cacher mon amusement face à son choix musical, mais je n'y arrive pas.

— Quoi, t'aimes pas les *Backstreet Boys* ?

Je secoue la tête.

— Non, c'est pas ça. C'est juste que je ne pensais pas que tu étais un fan des BSB.

— Quoi parce que je suis un joueur de foot je n'ai pas le droit d'apprécier leur musique ?

— Si. Je pensais juste être le seul homme proche de la trentaine à les écouter.

Alex hausse les sourcils.

— Donc tu es un fan ?

— On peut dire ça, oui.

J'essaie de la jouer cool.

Alex saisit mon assiette et la pose sur le comptoir à côté de la sienne qui est vide.

— Laisse-moi deviner, tu avais des posters d'eux dans ta chambre quand tu étais petit.

— Pas vraiment. C'était plutôt ma sœur.

— Et tu allais dans sa chambre quand elle n'était pas là pour quoi, les regarder ?

— C'est sans doute comme ça que j'ai réalisé que j'étais gay.

Alex me fait un grand sourire. Je sens à quel point il est excité lorsqu'il pose les bras sur mes épaules.

— Laisse-moi deviner… Nick ?

Je lève les yeux au ciel.

— Je suis si prévisible que ça ?

Alex éclate de rire.

— Oh, mon Dieu. Si tu l'avais épousé tu te serais appelé Carter Carter !

Je lui donne un petit coup sur le torse.

— C'est lui qui aurait pris mon nom, tu crois quoi. C'est joli Nicky Brook, tu ne trouves pas ?

Alex hausse les épaules.

— Ouais j'imagine, si t'aimes les blonds.

J'enfonce ma main dans ses cheveux et les tire.

— Physiquement on était sur un pied d'égalité. Toi tu devais probablement être attiré par Kevin puisque tu aimes les mecs plus âgés.

— Oh arrête, t'as seulement trois ans de plus que moi.

Je me penche pour l'embrasser.

— Tu ne réfutes pas ma théorie.

— Les *Backstreet Boys* c'était un groupe parmi tant d'autres. La petite amie de mon frère les écoutait tout le temps. Lui il détestait mais moi j'adorais. Elle m'a appris tout ce qu'elle savait. Ce ne sont pas les seuls que j'aime.

— J'ai peur de te poser la question du coup. Est-ce qu'il y avait aussi un boys band britannique obscur dont personne n'a jamais entendu parler ?

Alex secoue la tête.

— O-Town.

Heureusement que je ne suis pas en train de boire mon café, sinon je le lui aurais recraché dessus.

— O-Town ? T'es sérieux ?

— Pardon mais, commence Alex d'un air offusqué, t'as vu Ashley Parker Angel ?

Il n'a pas tort.

— OK, je suis d'accord avec toi là-dessus. J'imagine que t'as fait tout un tas de « Liquid Dreams[1] » le concernant.

Alex plaque sa main contre ma bouche.

— Pitié, ne dis plus jamais ça !

Je souris contre sa paume avant de saisir son poignet pour le baisser.

— Quoi, tu n'aimes pas que j'emploie le terme « *Liquid Dreams* » contre toi ?

— Si tu veux un jour pouvoir de nouveau coucher avec moi, tu vas devoir arrêter.

Sa remarque me cloue le bec. Je mime le fait de me taire.

— C'est bien.

Un sourire arrogant se dessine sur ses lèvres tandis qu'il se rapproche de moi.

— Je n'aimerais pas avoir à me débarrasser du premier gars qui a les mêmes goûts musicaux que moi.

Mes mains remontent le long de ses pectoraux et s'enroulent autour de sa nuque.

— Alors j'imagine que je devrais remercier ma sœur pour ça.

Alex sourit avant de m'embrasser la mâchoire.

— On devrait aussi remercier ta sœur pour avoir suggéré que je prenne sa place pour la convention sur les bandes dessinées.

J'émets un gémissement très coquin lorsqu'il se met à mordiller mon oreille.

— Je n'ai pas vraiment envie de penser à elle, là tout de suite.

— Ah oui ? Qu'est-ce que t'as en tête ?

Les lèvres d'Alex continuent leur descente, léchant et suçant mon cou. J'ai du mal à me concentrer sur autre chose lorsque ses lèvres sont sur ma peau.

— À quelle heure est-ce que tu dois être sur le terrain pour l'entraînement ?

Je suis surpris de pouvoir construire une phrase en entier *tellement* Alex me fait perdre la tête.

— Pas avant quelques heures.

Lorsqu'Alex s'écarte, ses yeux brillent de désir.

— Alors on n'a qu'à en profiter au maximum.

Je caresse son téton du doigt, adorant voir la chair de poule se former sur sa peau.

— Allons faire un peu de sport avant que tu t'en ailles.

Je descends du comptoir et prends la main d'Alex dans la mienne, nous guidant vers les escaliers, prêt à passer ma matinée en lui, avec cet homme qui est rapidement en train de devenir ma personne préférée.

Chapitre Treize

CARTER

— Alex, qu'est-ce que tu fais là ?

— Gabe. Sois un peu plus respectueux avec notre invité, s'il te plaît, dis-je en jetant un coup d'œil à Alex qui sourit comme un imbécile. C'est monsieur Young.

— Pardon. Monsieur Young, qu'est-ce que vous faites là ? répète-t-il.

— Carter – pardon, monsieur Brook – m'a invité pour que je vienne voir comment vous vous débrouillez avec votre projet.

Je lui adresse un sourire narquois. Alex et moi nous voyons depuis quelques semaines maintenant. Avec la folie de la saison de football qui bat son plein, je passe beaucoup de nuits chez lui.

Normalement, je lui en voudrais de devoir se terrer chez lui, mais ça ne me dérange pas. Pas quand on peut se perdre l'un dans l'autre.

— Alors, parlez-moi de statistiques. Les Mountain Lions vont-ils gagner le Super Bowl cette année ?

Alex tape dans ses mains et des bras enthousiastes s'élèvent dans les airs.

— Austin, commence, dis-je en le désignant, souhaitant éviter que tout le monde se mette à parler par-dessus les autres.

— Vos statistiques de réussite sont bonnes cette année, affirme Austin sans faux-semblant.

C'est probablement l'élève le plus brillant de ma classe.

— Monsieur James réalise également une bonne saison.

Bonne est un euphémisme. Il réalise la meilleure saison de sa carrière selon Alex.

— Effectivement. Qu'est-ce que ça donne du côté de la défense ?

— Limiter les courses de l'attaque adverse à moins de 100 yards par match, c'est le meilleur résultat de la ligue.

— Knox Fisher fait aussi une très bonne saison.

Alex rayonne de fierté. Impossible de ne pas voir l'amour qu'il porte à ses coéquipiers.

— En me basant sur tous mes calculs et sur le reste des équipes, j'estime que les Mountain Lions remporteront deux Super Bowls au cours des six prochaines années, dit Austin.

— Seulement deux ?

Alex a l'air un peu décontenancé.

— Mon estimation est plus proche de trois – Austin tripote son crayon – mais je ne veux pas surestimer.

— Et si on disait trois ? Et si ça n'arrive pas, je ne t'en voudrais pas si on n'en gagne que deux.

Tous les élèves acclament Alex. Partout où il va, il séduit tout le monde.

— Vous ne voulez pas venir chaperonner le bal avec monsieur Brook ? Madame Philips ne sera pas là et on a besoin de quelqu'un en plus ! dit Ben depuis le fond de la classe.

— Comment ça se fait que tu sois au courant de ça, Ben ?

— C'est ma mère qui me l'a dit. Elle a reçu un appel pour faire partie des parents chaperons. Apparemment, aucun autre professeur ne peut s'en charger.

Je ricane. Je doute fortement qu'Alex accepte. Personne n'a envie de passer sa soirée avant les vacances d'automne à chaperonner le bal du lycée avec des gamins pleins d'hormones.

— Il n'a pas envie de chaperonner notre bal.

— Qui a dit que je n'en avais pas envie ?

Alex croise les bras et s'appuie contre le mur. Mes élèves sont occupés à nous jeter des coups d'œil.

— Tu sais que c'est un bal de lycée n'est-ce pas ?

Alex se retient de sourire.

— J'ai cru comprendre oui. Pourquoi pas ? C'est ma semaine de congé. Je n'aurai rien à faire.

Je sais qu'Alex n'a rien de prévu puisque c'est aussi nos vacances d'automne. Je ne sais pas comment elles ont fait pour s'aligner si parfaitement. Mais nous avions prévu de passer tout le week-end ensemble.

— Ne le dissuadez pas, monsieur Brook ! Ce serait trop cool d'avoir un Mountain Lion à notre bal d'automne ! crie Ben.

Je hausse les sourcils en direction d'Alex.

— Tu es sûr de savoir dans quoi tu t'embarques ?

— Je suis partant, monsieur Brook.

— Tu es sûr d'être prêt pour ça ?

Alex se tient devant moi, dans ma classe avant que le bal ne commence.

— Tu essaies de me dissuader de venir là ? dit-il avec un sourire narquois.

— Ce sont des lycéens. S'ils ressentent la moindre peur de ta part, ils vont te manger tout cru.

— T'es un peu dramatique tu ne crois pas ? dit Alex en mettant les mains dans ses poches avant de s'adosser à mon bureau. Ça allait très bien cette semaine. Je me suis habitué à eux.

— Mes élèves t'adorent déjà. Les autres auront envie de la jouer cool pour t'impressionner.

— Comme toi quand tu m'as rencontré pour la première fois ?

Je resserre sa cravate, sans le regarder.

— Je ne vois pas du tout de quoi tu parles.

Alex me prend la main et dépose un baiser dans ma paume.

— Bien sûr, beau gosse.

— OK. Mais ça ne change rien au fait que ces gamins vont essayer de t'impressionner. Ils sont comme la pire défense adverse, ils identifient tes faiblesses, percent ta ligne d'attaque et te taclent à chaque match.

Les épaules d'Alex se crispent.

— Voilà, maintenant tu comprends, continué-je. Les adolescents sont exactement pareils. Surtout ceux qui ont les hormones en folie.

— OK, oui ça a l'air horrible. Mais est-ce qu'on peut aussi parler du fait que c'est très sexy quand tu parles de foot ?

— Tu ne te focalises pas sur les bonnes choses.

Je m'apprête à partir, mais Alex me retient.

— Oh, je crois que si, monsieur Brook.

— Très bien, mais ne dis pas que je ne t'ai pas prévenu.

— Relax. Je savais dans quoi je m'embarquais quand

j'ai accepté. Et puis – Alex hausse une épaule parfaitement musclée – je t'ai toi. Ils seront gentils avec moi.

Prenant sa main, je l'attire plus près.

— OK, bébé. Comme tu veux.

Je dépose un baiser sur ses lèvres. Rapide et efficace. Mais Alex me tire de nouveau, s'attardant un instant de plus.

— Tu sais que c'est mal vu ce genre de chose aux bals de lycées ?

Il se met à rire et je sens son souffle chaud contre ma joue.

— Je sais. C'est pour ça que je me suis dit que je devais le faire tant que je le pouvais.

— Tant que ce n'est pas le dernier baiser que tu me donnes, dis-je d'une voix légèrement tendue.

Alex et moi ne nous fréquentons que depuis quelques semaines.

— Je me suis porté volontaire. Je sais dans quoi je m'embarque.

***

ALEX

BORDEL. Je n'avais pas compris dans quoi je m'embarquais.

J'ai déjà confisqué deux flasques, arrêté deux adolescents qui se tripotaient dans le couloir et interrompu une bagarre.

Et ça, ce n'était que les trente premières minutes. Les lumières du gymnase étant baissées et la boule à facettes se reflétant sur toutes les surfaces, il est facile pour les enfants de se faufiler partout.

— Alors, tu regrettes ?

Carter s'approche de moi. Sa présence est apaisante, mais je suis toujours à cran.

— Tu ne m'avais pas dit que ce serait aussi horrible.

— Tu n'y croyais pas. Tu pensais qu'ils seraient tous des anges ?

— Je pensais qu'ils seraient tous comme tes élèves. Ils étaient respectueux quand ils sont venus sur le terrain d'entraînement.

— Mes élèves étudient les statistiques. Tout le monde n'est pas comme eux, s'amuse Carter.

— C'est comme ça que tu imaginais le bal de ton propre lycée ?

— J'imaginais qu'ils danseraient plus et se tripoteraient moins.

— Tu es triste de ne jamais avoir pu en faire l'expérience ?

Carter hausse les épaules.

— Oui et non. J'aurais aimé avoir un cavalier galant à mon bras pour impressionner les gens, pour ne pas incarner le seul élève homosexuel du lycée, mais ce n'est pas grave. Je n'en ai pas besoin si en réalité ça se passe comme ça.

Une idée me traverse l'esprit. Et j'espère qu'elle plaira à Carter.

Alors que mon regard se porte à nouveau sur la piste de danse, deux élèves se frottent l'un contre l'autre. C'est une agression pour les yeux.

— Tu peux t'en occuper ? Je n'y arrive pas, dis-je en faisant la moue, espérant qu'il ait pitié de moi.

— C'est déjà réglé.

Un autre adulte les a déjà séparés.

— Mon Dieu, si un jour j'ai des enfants et qu'ils se comportent comme ça…

— Qu'est-ce que tu feras ?

Carter croise les bras, ondulant des sourcils dans ma direction.

— Putain, j'en sais rien. Mais ils ne se comporteront pas comme ça une fois que je ne serai plus dans les parages.

Cette fois-ci, Carter éclate de rire et ne s'arrête pas.

Je le regarde d'un air sévère.

— Oh, t'es sérieux ? dit Carter en essuyant une fausse larme. C'est encore mieux.

— Arrête de te moquer de moi !

Je lui pousse l'épaule et son rire s'atténue. Mais à peine.

— Pardon. Mais tu crois vraiment que tu pourras contrôler tes enfants quand tu ne seras pas là ?

— Plus maintenant, dis-je en croisant les bras et en lui tournant le dos. Moi qui pensais que ma future fille, cet ange, ne poserait pas les yeux sur un garçon avant d'avoir quarante ans.

— Voilà, tes enfants seront exactement comme ça. Ils ne feront jamais rien pour te contrarier. Ils seront parfaits.

— T'es condescendant, là.

Carter met les mains dans ses poches et se focalise à nouveau sur les enfants.

— J'ai affaire à ces boules d'hormones tous les jours. Désolé de te faire redescendre de ton nuage.

— Il nous reste combien de temps ?

— Encore deux heures. Tu penses que ça va aller quand même ?

— Si jamais j'accepte encore un truc pareil, gifle-moi, par pitié.

Carter me sourit avant d'avancer vers un groupe d'étudiants qui se hurlent dessus.

— Compte sur moi, Monsieur le Quaterback. Compte sur moi.

Chapitre Quatorze

—J'apprécie que tu sois venue m'aider si rapidement. J'enroule une autre guirlande lumineuse autour de la colonne du patio arrière.

— Tu ne comptes toujours pas me dire de quoi il s'agit ? demande Peyton en sautant de la chaise de l'autre côté.

Je secoue la tête.

— Non. Je veux que ce soit une surprise pour tout le monde.

— Eh ben, quoi qu'il en soit, je trouve ça mignon que tu mettes le paquet. Elle a de la chance.

Je me focalise sur le fait de démêler la dernière guirlande, tout en gardant le sourire.

— Merde, je pensais que ça te ferait cracher le morceau, dit Peyton en me donnant un petit coup de coude.

— On t'a déjà dit que Colin déteignait sur toi, dis-je en riant avant de me laisser retomber sur une chaise.

Peyton prend une bouteille d'eau sur la table.

— Ce ne serait pas la première fois.

J'observe la fille que j'ai appris à connaître ces derniers mois.

— Tu sais que grâce à toi Colin est devenu une meilleure personne ?

— Ce n'est pas très difficile de l'aimer.

Je sais que ça n'a pas été simple pour eux et j'aime les voir heureux tous les deux. En les voyant ensemble, ainsi que Jackson et Tenley, j'ai un peu d'espoir.

Que peut-être moi aussi un jour je pourrais être avec quelqu'un comme ça.

Sauf que c'est déjà le cas.

Car il n'y a personne d'autre pour qui je ferais tout ça.

À part Carter.

— Et toi, t'as quelqu'un dans ta vie ?

Peyton m'observe. Il est difficile de ne pas s'agiter sous son regard féroce.

Elle est forte, il faut le reconnaître.

— Pas vraiment, non.

J'ai de plus en plus de mal à entretenir ce mensonge. Pourtant c'est ce que je vis au quotidien.

J'ai envie de pouvoir confier mon secret à ces gens. Je leur fais confiance pour tout le reste alors pourquoi pas ça ?

Parce que ça pourrait fuiter et là je serais foutu.

Je repousse ces pensées culpabilisantes et me focalise sur ce que je prépare actuellement pour Carter. Que j'ai fait mon coming out ou non, je sais qu'il adorera.

— Vu ce que tu prépares, je ne te crois pas.

Je lui adresse un sourire espiègle.

— Tu ne sais pas ce que je prépare.

Peyton regarde les lumières autour d'elle, celle qu'elle m'a aidé à installer dans le jardin.

— En tout cas, qui que ce soit, iel vont adorer. Même si tu refuses de me dire ce que c'est.

— Je suis content que les gars soient occupés et toi non, parce qu'ils m'auraient tellement fait chier avec ça.

Peyton éclate de rire.

— Oh, mon Dieu, tellement. Il vaut mieux que ce soit une femme qui te donne un coup de main.

Je lève ma bouteille d'eau vers elle pour porter un toast.

— Eh bien je suis content que tu sois venue m'aider.

— Je serai toujours là pour toi, Alex. J'espère que tu le sais. Tu as fait tellement pour moi depuis le début et je ne pourrai jamais assez te remercier.

— Hé, tu fais partie de la famille maintenant. On se soutient mutuellement.

— Bon, tu me diras comment ça s'est passé.

Elle se lève et retourne à l'intérieur, puis jette un coup d'œil à tout ce que nous avons installé. J'ai encore un peu de travail, mais je m'en occuperai plus tard, avant que Carter ne vienne.

— J'espère que ça plaira, dis-je en la suivant jusqu'à la porte d'entrée.

Peyton me serre dans ses bras avant de partir.

— C'est certain. Fais-moi confiance.

CARTER

Même après avoir passé ce long week-end ensemble, Alex n'a eu aucun mal à me virer de chez lui aujourd'hui. Mais lorsqu'il m'a demandé de revenir ce soir, j'ai lutté pour ne pas arriver trop tôt.

Entrant dans la maison, je me dirige vers le jardin, comme il me l'a demandé.

Les mots mystérieux qu'il a prononcés plus tôt dans la journée m'ont rendu nerveux.

L'air frais me frappe de plein fouet lorsque j'arrive dehors. Mais ce n'est pas ça qui me coupe le souffle.

C'est l'homme qui se tient devant moi.

Alex brille sous les guirlandes lumineuses, sexy à souhait dans un costume noir bien taillé. Ses cheveux, habituellement en désordre, sont coiffés sur le côté. Quelques bouteilles de bière sont posées sur la table recouverte de pétales de fleurs. La musique retentit doucement en fond.

C'est « *All I Have To Give* » des Backstreet Boys, si je ne me trompe pas.

— Qu'est-ce que c'est que tout ça ?

Alex s'avance.

— Carter Brook. Ça te dirait d'être mon cavalier pour le bal de fin d'année ?

J'ouvre la bouche avant de la refermer, incapable de parler. J'ai l'impression que des papillons s'envolent dans mon ventre.

Alex Young, le quaterback des Mountain Lions de Denver, m'invite au bal.

Ce simple moment avec Alex efface tous les mauvais souvenirs du lycée. Au lieu du connard qui m'a poussé et menti, Alex est là.

Et il me propose de danser de la façon la plus romantique qui soit.

Les larmes me montent aux yeux en réalisant ce que cela veut dire. Et vu le regard qu'il me lance, il sait ce que cela signifie pour moi.

— Tu ne me réponds pas. J'espère que c'est parce que tu es émerveillé.

— Alex…

Oui, il m'a vraiment émerveillé.

Alex passe un bras autour de mes épaules et m'attire vers lui.

— Je sais que tu n'as jamais pu aller au bal avec le gars qui te plaisait, mais j'espère que ça pourra compenser.

Je cligne des yeux, repoussant les larmes dans mes yeux.

— C'est sans aucun doute la chose la plus attentionnée que quelqu'un ait jamais faite pour moi.

Le souffle chaud d'Alex effleure ma joue.

— Merci, mon Dieu. Tu m'as fait peur pendant une seconde là.

— Je suis sans voix.

— Tu mérites d'avoir ton propre bal.

Je secoue la tête, m'écartant pour regarder Alex dans les yeux. Je ressens tout un tas d'émotions.

— C'est bien mieux que n'importe quel bal de lycée où j'aurais pu me rendre.

— Effectivement, parce qu'on pourra aussi choisir la musique.

— Très bonne idée les Backstreet Boys monsieur Young.

Il me fait un clin d'œil tout en se penchant vers moi pour attraper un récipient en plastique sur la table.

Une rose blanche en guise de boutonnière.

— Waouh, t'as vraiment pensé à tout.

Alex se met à rire.

— C'est notre premier bal ensemble. Évidemment que j'ai pensé à tout.

Ses mains tremblantes épinglent la boutonnière à mon pull.

— Je vis vraiment l'expérience complète, jusqu'à mon cavalier nerveux.

— Ce ne sera peut-être pas comme un bal normal,

explique Alex en nous désignant tous les deux. Parce que nous ne sommes que tous les deux et il y a de l'alcool.

J'enroule les bras autour des épaules d'Alex.

— T'étais au bal avec moi, t'as bien vu le nombre de gamins qui ont essayé de faire passer de l'alcool en douce.

Alex m'embrasse avec chaleur et douceur.

— La différence, c'est que moi je n'ai pas eu besoin de le voler dans la cave de mes parents. J'ai pu l'acheter moi-même.

— Alors si c'est vraiment comme un bal de lycée, tu nous as aussi loué une chambre d'hôtel ? dis-je en ondulant des sourcils.

Alex se met à rire et commence à se balancer avec moi dans ses bras.

— Je préfèrerais largement que tu me prennes dans ma propre chambre.

Je jette un coup d'œil vers le jardin avec les lumières et la musique douce, Alex dans mes bras tandis qu'il nous fait tourner en cercle. J'embrasse doucement sa mâchoire, murmurant dans son oreille :

— Merci, Alex.

— J'espère que ça te fait changer d'avis sur les footballeurs.

— Oui. Clairement.

— Bon, est-ce que tu veux vraiment vivre toute l'expérience du bal de lycée ?

— Si tu parles de sexe, oui. Mais du sexe maladroit, non je passe mon tour.

Alex éclate de rire, un rire qui me traverse et rempli chacune de mes cellules. Il tourne et me fait pencher en arrière, ses lèvres juste au-dessus des miennes.

— Je te promets que ça n'aura rien de maladroit.

Chapitre Quinze

ALEX

La soirée s'est déroulée sans problème. La réaction de Carter était tout ce que j'avais espéré.

Danser avec lui était encore mieux.

Passer la soirée avec lui comme ça m'a fait tomber encore plus amoureux.

À cause de ce grand cœur qu'il cache.

J'adore qu'il se confie à moi.

Après avoir bu de la bière et dansé sur toutes les chansons de bal horribles que j'ai pu trouver – tout cela au nom de la véritable expérience de bal de lycée – Carter prend ma main et me guide jusqu'à ma chambre.

À peine la porte est-elle fermée que Carter se jette sur moi, ses lèvres embrassant tout mon visage, mon cou, ma mâchoire et tout le reste.

— Si c'est comme ça que tu es quand je t'invite au bal, je vais le faire plus souvent.

Carter recule et je lis dans son regard brumeux qu'il est heureux.

— Je n'arrive pas à croire que tu aies fait tout ça pour moi.

Je me rapproche de lui, prenant son visage dans mes mains et l'attirant plus près.

— Je le referais cent fois s'il le faut, dis-je avant d'embrasser ses lèvres chaudes et imprégnées de bière. Tu es un super partenaire de danse.

— Mouais, répond Carter en riant. Mes talents de danseur sont incroyables.

Carter m'attrape, enlevant ma veste et ma chemise en s'approchant du lit.

— Peut-être que la prochaine fois on pourra prendre des leçons de danse.

L'idée de danser ainsi avec Carter fait monter la culpabilité en moi. J'ai envie de faire ça. J'ai envie de sortir dehors avec lui. Mais je ne peux pas.

— Tu peux peut-être m'en donner quelques-unes maintenant.

Débouclant ma ceinture, je m'empresse de retirer mon pantalon alors que Carter se tient tout habillé devant moi.

— Quelle leçon tu aimerais en premier ?

Carter enlève son pull.

— Putain, t'es sexy.

— C'est pas une leçon, ça.

Carter affiche un sourire suffisant tandis qu'il s'allonge sur le lit.

— Et si, puisque tu as été si incroyable ce soir, tu prenais tout ce dont tu as envie ?

L'idée même de chevaucher Carter me fait bondir sur lui.

— Il y en a un qui est excité.

— Qu'est-ce que tu veux que je te dise. Le simple fait d'être avec toi m'excite.

Carter m'attire sur lui et m'embrasse à pleine bouche. Des mains chaudes montent et descendent le long de mon dos, provoquant des vagues de plaisir en moi.

À chaque fois que cet homme me touche, ça me rend fou de désir. Je suis tellement épris de lui que cela devrait m'effrayer.

Et lorsqu'il m'embrasse comme ça, comme s'il avait tout son temps, ça me donne l'impression d'être en couple avec quelqu'un pour la première fois de ma vie.

Je me frotte contre lui, voulant plus.

— Tu as encore trop de vêtements.

J'embrasse son torse et aspire ses tétons durs. Je joue avec en utilisant ma langue. À chacun de ses gémissements, mon sexe prend note. Lui aussi veut participer.

— J'adore ta bouche, gémit Carter.

— Ça te plaira bientôt encore plus.

J'embrasse sa peau et descends le long de son ventre, défaisant son pantalon et le retirant avec son caleçon.

Son sexe jaillit, épais et palpitant, contre son ventre. Je remonte le long de ses jambes en l'embrassant.

— Je croyais que c'était toi qui étais censé obtenir ce que tu voulais ce soir, dit Carter d'une voix essoufflée alors que j'aspire l'une de ses bourses dans ma bouche.

— Qu'est-ce qui te fait croire que ce n'est pas exactement ce que je veux ? je réponds en m'écartant pour le regarder droit dans les yeux.

— Tu m'as déjà tellement donné.

Je lui adresse un sourire malicieux, prenant son sexe dans ma main.

— Alors, disons que ça fait partie de l'expérience. Cette soirée t'est consacrée.

J'aspire son sexe au plus profond et il se cambre sur le lit.

— Oh putain !

Tout en lui souriant, je le caresse avec ma main et ma bouche. Son sexe s'épaissit dans ma bouche tandis que je le rapproche de l'extase.

— Je ne vais plus tenir très longtemps, gémit Carter. J'ai envie d'être en toi quand je jouis.

Je le relâche et tends la main pour saisir les préservatifs et le lubrifiant. Baissant mon caleçon, je lubrifie mes doigts et commence à m'étirer.

— Tu ne veux pas me laisser faire ? me demande Carter tandis que je reprends là où je m'étais arrêté.

Je gémis autour de son membre, me préparant sans finesse.

— Non.

— Tu es très autoritaire ce soir.

— Non, c'est juste que je n'ai pas envie que ça traîne.

Retirant mes doigts de mes fesses, j'ouvre le préservatif et le glisse le long de son sexe.

— Ça me va.

Carter m'attire vers lui et j'aligne son membre avec mes fesses. Je me baisse, doucement, m'ajustant à sa taille.

Je ressens une légère douleur, mais je m'en fiche. C'est incroyable de le sentir en moi, putain.

— Putain, t'es étroit, siffle Carter.

— C'est tellement bon.

Je m'immobilise lorsqu'il est entièrement en moi. Se redressant, Carter passe un bras autour de moi en s'atta-quant à mon torse pour me mordiller et m'embrasser.

Je m'accroche à lui tout en me mettant en mouvement. Chaque poussée provoque en moi une chaleur ardente tandis qu'il effleure ma prostate. Je suis agité contre son torse, mais je m'en fiche. Tout ce que je veux, c'est de le sentir exploser en moi.

Je parle de façon incohérente. Rien n'a de sens tandis que ma vision se floute.

— Vas-y plus fort. Je suis avec toi.

Carter attire mon visage vers le sien et m'embrasse avec force. Ma langue se cale sur le rythme de mes coups de reins tandis que je le dévore. Chaque caresse de son sexe en moi, de sa langue est comme de l'essence en feu.

Je suis fou de désir lorsque mon orgasme me frappe.

— Putain !

J'arrache mes lèvres aux siennes, criant en ralentissant le rythme. Saisissant ma queue, Carter me caresse jusqu'au soulagement complet alors que je le sens s'effondrer dans mes bras.

Je suis tout engourdi et me laisse tomber sur lui. Des bras forts m'entourent.

Aucun de nous ne bouge, heureux l'un contre l'autre.

— Alors, c'est la meilleure nuit de ta vie ? je lui demande en embrassant le battement de son pouls dans son cou.

— Oui, la meilleure.

Chapitre Seize

CARTER

— Tu sais, je commence à me dire que mon père ne te fait pas assez travailler, je souffle alors que nous atteignons le kilomètre suivant.

— Le football c'est un tout autre type d'exercice. Tu dois te concentrer sur une douzaine de choses à la fois. Ça, ce qu'on fait ça me plaît…

— Parce que tu n'es pas obligé de te concentrer, je l'interromps, souriant intérieurement. J'imagine que je ne devrais pas me plaindre.

Alex s'arrête au milieu du sentier. Le soleil descend vers l'horizon.

Les grandes ombres des arbres s'étendent sur le chemin.

— Tu me donnes vraiment envie d'arrêter cette randonnée pour te ramener à la maison.

Le regard ardent d'Alex perce ce froid que je ressens à cause du vent.

— Alors tu ferais mieux de te bouger les fesses et de me montrer ce que tu voulais me montrer.

Alex sourit avant de se remettre en route. Avec le temps

pluvieux que nous avons eu, le sentier est pratiquement désert. C'est comme si nous étions tous les deux dans notre petit monde.

— On y est dans cinq minutes.

— Prends ton temps. Je profite de la vue.

Alex se retourne et marche à reculons.

— Ah oui ?

— Ouais, je profitais, avant que tu ne te retournes, dis-je en le pointant du doigt. Fais attention où tu mets les pieds. Je n'ai pas envie d'être l'homme le plus détesté de la ville parce que tu t'es blessé durant une randonnée que ma grand-mère pourrait faire.

Le rire tonitruant d'Alex retentit.

— Je ne me ferai pas mal, dit Alex avant de regarder par-dessus son épaule. D'ailleurs, on y est.

Le sentier se termine par une table de pique-nique avec vue sur les montagnes. Le coucher de soleil explose dans le ciel et les nuages semblent disparaître dans le vide.

— Comment tu connais tous ces endroits ?

Alex étale une couverture à rayures noires et jaunes. Je dépose la petite glacière dessus. Fouillant à l'intérieur, j'attrape une bouteille d'eau et lui en passe une autre.

— J'aime être dehors. J'ai passé tous mes week-ends libres en hors-saison dehors à explorer.

Je m'assois à côté de lui.

— Ça doit être agréable d'avoir tout ce temps libre.

— T'es professeur. Tu as tous les étés de libres.

Cette fois-ci, c'est moi qui me mets à rire.

— Je dois donner des cours d'été à mes petits délinquants qui ne lâchent pas leurs téléphones. Je dois avoir deux semaines de congé seulement.

— Donc si ça continue entre nous, je ne te verrai pas beaucoup ?

— Probablement pas plus qu'actuellement, dis-je en haussant les sourcils.

— C'est l'un des inconvénients du football.

— Tu as déjà envisagé de faire autre chose ?

J'allonge mes jambes sur la couverture rayée.

— Autre chose que le football ?

Alex boit une gorgée de sa bouteille d'eau.

— Oui.

Alex secoue la tête.

— Une fois que j'ai réalisé que j'étais bon à ça, j'y ai consacré toute mon énergie.

— Et tu n'as jamais voulu faire autre chose ?

Alex lâche un rire moqueur.

— Tu sais que je vais devoir faire quelque chose d'autre un jour ou l'autre.

— Parce que tu prendras ta retraite ?

— J'espère que ce ne sera pas trop tôt. J'ai encore beaucoup de matchs de football à jouer.

— Qu'est-ce que tu feras après ?

— Je n'y ai pas encore réfléchi.

— C'est vrai ?!

Je ne cherche pas à cacher ma surprise.

— Quelqu'un d'aussi cérébral que toi ? j'ajoute. Je pensais que tu avais tout prévu pour les trente prochaines années.

Alex s'appuie sur ses coudes. Il s'est allongé de tout son long ce qui me permet de l'admirer. C'est à peu près la seule chose qui me distrait du coucher de soleil.

— Tu veux que j'envisage tout mon avenir en une seule soirée ?

— Ce n'était pas mon intention, non.

Je bois une gorgée de mon eau en observant la vue devant moi.

— C'est difficile d'y penser parce que ça m'a toujours paru tellement en suspens.

Je me tourne vers lui, la lumière du soleil couchant se reflétant dans ses yeux.

— Tu as toujours peur de te faire éliminer de la compétition ?

— Pas vraiment. Certes, tous les athlètes peuvent y faire face dans leur carrière. Mais tu vois par exemple, je ne pouvais même pas me marier si je le voulais jusqu'à il y a quelques années.

— Ah.

— Désolé. Je ne voulais pas gâcher la soirée.

Je me penche en avant, m'approchant un peu plus de lui. Seul le bruissement des feuilles retentit dans le silence.

— J'aime apprendre à connaître toutes ces facettes de toi.

Il esquisse un petit sourire.

— Tu es le seul à pouvoir le faire.

— J'ai beaucoup de mal à croire que je suis le seul.

Alex roule sur le côté. Je le recopie.

— OK. OK, tu es le seul que j'ai laissé m'approcher.

— Et pourtant, c'est toi qui es venu me séduire.

Alex prend ma main dans la sienne. Des étincelles jaillissent immédiatement en moi.

— Comment m'en vouloir ?

Je regarde autour de moi, observant tout. Les arbres. Les montagnes. Le dernier rayon de soleil qui s'estompe.

Tout fait que cette soirée est parfaite.

— Je suis content que tu l'aies fait, sinon on ne serait pas ici ensemble.

Et je suis encore plus heureux d'avoir mis de côté cette règle selon laquelle je ne devais pas fréquenter de joueurs de foot. J'ai grandi autour du football, mais après le lycée, je n'y ai prêté que peu d'attention. Je savais qu'Alex était le quarterback de l'équipe, mais rien d'autre à son sujet. Les gens me le reprochaient, mais je m'en fichais.

Moins j'en savais sur le foot, mieux c'était. Mon père n'a jamais insisté. Peut-être que s'il l'avait fait, j'aurais connu Alex plus tôt.

Je suis content d'être revenu à la raison parce que je n'aurais pas voulu rater ça – être ici avec Alex.

— Je peux encore faire preuve de bon sens, même après tout ce que j'ai préparé pour le bal…

J'éclate de rire en le poussant.

— Comment je vais pouvoir te rendre la pareille ?

— J'ai quelques idées en tête.

Chapitre Dix-Sept

CARTER

— J'aime bien que tu aies des congé en automne, dit Alex en m'embrassant dans la nuque.

— Pourquoi ? Parce que je suis là tout le temps ? je demande en remuant le risotto dans la poêle.

— Oui, dit Alex en passant un bras autour de ma taille. J'aime bien que ce soit comme ça que tu me rendes la pareille.

— OK. Il faut que tu recules, sinon je vais brûler le dîner.

Je fais reculer Alex de quelques pas.

Nous avons passé ces derniers jours ensemble. À part la randonnée de cette après-midi, nous n'avons pas quitté la maison d'Alex. Si ça avait été une autre semaine, nous ne pourrions pas être ici ensemble. Mais avec la semaine de repos, nous nous sommes enfermés.

Je lui ai suggéré de sortir, mais Alex voulait rester à la maison. Habituellement, j'aurais insisté, mais il dit qu'il n'aime pas attirer l'attention et qu'il veut juste être constamment avec moi.

Difficile de ne pas être d'accord.

— Je n'y peux rien si t'es beau quand tu cuisines. T'es sûr que je ne peux pas t'aider ?

— Non. Tu m'as déjà assez gâté comme ça. Maintenant, va t'asseoir.

Alex saisit une bière et contourne le comptoir, s'asseyant sur un tabouret.

— Tu sais, je pourrais m'y habituer.

Je pointe la spatule dans sa direction, les champignons se détachant du plastique.

— Ne te fais pas trop d'idées. Moi aussi j'adore que tu cuisines pour moi.

— Ça voudrait dire que tu devras dormir ici plus souvent. Tu sais, les petits déjeuners, c'est ma spécialité, dit Alex en ondulant des sourcils dans ma direction.

Trouvant le pain que je nous ai préparé, il trempe un morceau dans l'huile et les épices et prend une grosse bouchée.

— Quelle épreuve que de devoir dormir avec toi.

Je bois une gorgée de ma propre bière et baisse le feu.

— Se réveiller à côté de ces muscles durs. Oui, ce serait vraiment un horrible sacrifice.

Alex arrache un morceau de pain et me le lance.

— Si c'est comme ça, je ne te préparerai plus de petits déjeuners !

— Et toi tu n'auras plus de dîners.

J'ai du mal à me retenir de sourire en me tournant vers les plaques.

— Peut-être que je t'attacherai à mon lit et que je ne te laisserai plus jamais partir.

Je me mets à rire.

— Je ne suis pas sûr que ce soit réellement une punition, ça.

— C'est que je ne ferais pas mon travail correctement alors.

Je tourne la tête vers lui. Il boit sa bière d'un air nonchalant. Mais je le connais. Je vois bien la rougeur qui se répand sur son cou. Et son pouls s'accélère.

— Je ferais mieux de venir de mon plein gré dans ce cas.

— Argh. Tu me tues, Carter.

Je souris intérieurement en retournant les coquilles Saint-Jacques. Le fait de faire perdre la tête à cet homme me rend extrêmement heureux.

Parce que le dernier joueur avec qui j'étais ne me donnait même pas l'heure.

Mais celui chez qui je suis en ce moment, qui m'a offert le bal de lycée que je n'ai jamais pu vivre, me fait peur. Car je tombe amoureux de lui à la vitesse de l'éclair.

J'ai l'impression que tout va trop vite, pourtant ça fait quelques mois.

Avec Alex et son emploi du temps de fou avec son équipe, le temps dont nous disposons est limité.

J'ai envie de m'y accrocher et de le faire durer le plus longtemps possible.

— Allô, Carter, ici la terre. À quoi tu penses ?

Alex repose son menton dans sa main. Avec son pull qui moule ses muscles et ses cheveux encore mouillés après sa douche, il est l'image même de la décontraction.

— Je pense à toi.

Alex se lève, contourne le comptoir et s'arrête à côté de moi.

— J'espère que ce sont des choses positives, dit-il d'une voix légèrement nerveuse.

Cela m'indique qu'il est aussi investi que moi dans cette relation.

— Pourquoi ce ne serait pas positif ?

— Je sais que ça a été difficile avec mon emploi du

temps chargé et tous ces voyages. Je ne veux pas que tu penses que je ne prends pas de temps pour toi.

Je mets le couvercle sur la casserole et baisse le feu pour que le dîner puisse mijoter. Je me positionne entre les jambes d'Alex et le rapproche de moi.

— Ce n'est pas du tout le cas. Je suis content du temps qu'on passe ensemble. Est-ce que c'est mal que j'attende déjà avec impatience l'intersaison ?

Alex me donne un petit coup sur l'épaule.

— Ne parle pas de l'intersaison. Ne nous porte pas la poisse.

— Je retire ce que j'ai dit. Ah vous les footballeurs et vos superstitions.

Je commence à m'écarter, mais Alex passe un bras autour de moi, et me serre fort.

— Non. Trop tard, tu l'as déjà dit. Tu m'aimes bien. Tu ne peux pas revenir en arrière.

— Je crois juste avoir dit que j'étais content du temps qu'on passait ensemble. Pas que je t'aimais bien.

Alex hausse les sourcils. Ses yeux bruns semblent amusés. J'aimerais que tout le monde puisse découvrir le Alex que je connais.

Il n'est pas seulement le joueur de foot intense qu'il présente au monde. Ce côté amusant et léger est quelque chose que très peu de gens ont l'occasion de voir. Et je suis reconnaissant de faire partie de ces personnes.

— Tu ne passerais pas du temps avec moi si tu ne m'aimais pas. Je suis quasiment sûr que c'est un truc de statistiques.

Alex paraît si fier de lui que je ne peux pas m'empêcher de rire.

— Je t'accorde un A+ pour l'effort. Mon Dieu, t'es tellement un intello.

Je caresse son cou du bout de mon nez, déposant un baiser chaud contre son pouls.

— OK, vous êtes en train de provoquer des fantasmes très coquins dans mon esprit, monsieur Brook.

Le minuteur sonne, interrompant l'instant. Alex a les yeux pleins de désir.

— Garde ces pensées pour plus tard.

J'essaie de l'embrasser rapidement, mais Alex m'attire de nouveau contre lui, s'attardant un peu plus.

— Le dîner va brûler, je chuchote contre ses lèvres.

— D'accord.

J'éteins la cuisinière, j'attrape les deux assiettes et j'en sers une bonne portion pour chacun de nous deux. Alex prend deux bières et je le suis dans le salon.

— Je me disais qu'on pouvait dîner devant la cheminée ce soir.

Les températures ont chuté de façon inattendue ce matin. Au lieu d'une belle journée d'automne, on annonce de la neige. Et il n'y a rien de mieux que de se blottir devant le feu avec Alex.

— Ça sent délicieusement bon.

Alex s'installe sur un coussin surdimensionné que nous avons déplacé sur le sol. La lumière est faible, car le soleil s'est déjà couché.

— Je ne fais que ce qu'il y a de mieux pour toi.

Je m'assois à côté de lui, le dos appuyé contre la table basse. Étirant mes jambes, nos pieds s'emmêlent.

Alex prend une grosse bouchée, ses lèvres se refermant sur les pointes de la fourchette.

— Putain, Carter. C'est incroyable.

Je souris, mangeant à mon tour. Je lui fais un sourire satisfait tout en mâchant.

— Non, mais sérieusement. Pourquoi tu ne m'as encore jamais préparé un plat comme ça ?

— Tu veux que je fasse en sorte d'être bon à marier ?

Alex pose son assiette à côté de lui et passe une jambe par-dessus mes genoux. Je pose mon plat à mon tour et enroule les bras autour de lui.

Dès qu'on est ensemble, on ne peut pas s'empêcher de se toucher. C'est un désir constant. Je n'ai jamais été comme ça auparavant. Mais en même temps, je n'ai encore jamais ressenti ce que je ressens pour Alex.

— Si tu continues de me parler comme ça, oui, dit Alex en m'embrassant de ma mâchoire à mon oreille. Car l'idée même qu'une autre personne te touche me donne envie de frapper quelqu'un.

Un frisson me parcourt.

— Je sais que la violence ne devrait pas être sexy, mais quand tu parles comme ça, ça me fait vraiment quelque chose.

— Tu me rends fou, dit Alex en m'embrassant la joue. Tu me rends complètement dingue, Carter Brook, continue-t-il en m'embrassant. Et je n'arrive pas à me passer de toi.

Alex s'écarte, son visage à quelques centimètres du mien.

— Comment tu as fait pour contourner tous les murs que je m'étais érigés ?

— J'ai de bons biceps. Parfaits pour l'escalade.

Je serre les biceps en question.

— Je confirme. Tu as de super biceps.

— Je suis sérieux Carter… Je ne sais pas comment ni pourquoi tu es entré dans ma vie, mais je t'en suis reconnaissant.

Le désir brûlant dans les yeux d'Alex allume un feu en moi. Je n'ai jamais vu ce genre de désir ou de passion pour personne. Cela devrait m'effrayer.

Mais au lieu de ça, je me sens désiré. Voulu. Apprécié.

Tout ce que j'ai envie de faire ressentir à Alex, il me le fait éprouver.

Et je m'y abandonne. Je le laisse prendre ce qu'il souhaite à travers ce baiser alors qu'il enfonce sa langue dans ma bouche. Je le laisse goûter et explorer.

On dirait qu'on a toute l'éternité devant nous.

Et je n'ai pas l'intention de la gaspiller.

Chapitre Dix-Huit

ALEX

— Tu es sûr de vouloir regarder le match ? On n'est pas obligés.

Carter lève les yeux au ciel.

— Mais oui. Je me suis dit que ce serait bien de regarder un match ou deux maintenant que je sors avec un athlète.

Un sourire satisfait que je ne devrais pas afficher étire mes lèvres.

— Argh. T'as l'air bien trop arrogant là.

Je me laisse retomber sur le canapé à côté de Carter, ne laissant aucune espace entre nous. Je me sens tellement à la maison avec lui ici, j'adore ça.

— C'est juste que je n'ai jamais eu quelqu'un avec qui regarder les matchs pendant ma semaine de repos.

— Est-ce que tu vas être vraiment infect et critiquer chaque match pendant qu'on les regarde ?

Je me tourne vers lui et le regarde l'air de dire « Ben, à ton avis ? ».

— Ben, c'est pour ça que je les regarde. J'ai besoin de

connaître mes adversaires. On joue contre Indy dans quelques semaines.

— Mon Dieu, c'est comme regarder les matchs avec mon père.

— J'espère que ce n'est pas exactement comme ça.

Carter hausse les sourcils.

— Pourquoi tu dis ça ?

Cette fois-ci, je me penche encore plus près, déposant un baiser sur une zone de son cou qui, je le sais, le met dans tous ses états.

— Tu auras une belle récompense à la fin du match si tu le regardes avec moi.

— À la fin du match ? dit-il d'une voix rauque. Tu vas vraiment m'obliger à rester assis ici avec une érection pendant tout le match ?

— C'est pour t'inciter à continuer à regarder les matchs avec moi.

— Tu es sadique, grommelle Carter.

Je lui mordille l'oreille.

— Tu n'es pas fan des situations inversées ?

— Quelles situations inversées ?

Je baisse les yeux vers son sexe en érection, tirant sur son pantalon.

— Je crois me souvenir que ça te plaisait de pratiquer le « edging » avec moi.

Carter lâche un gémissement bas et profond et cela provoque des étincelles de plaisir directement dans mon propre sexe.

— Je te déteste, là.

— Rappelle-toi en quand tu me pénètreras tout à l'heure.

— OK, sérieux. Comment tu veux que je regarde le match quand tu me fais ça ?

— Grâce aux statistiques. Tu crois pouvoir te servir de

ton gros cerveau pour m'aider à trouver un avantage contre eux ?

Carter souffle.

— J'imagine que si tu veux vraiment savoir, je pourrais te donner quelques conseils, oui.

— Attends, pour de vrai ?

— Quoi, tu ne veux plus de mon aide maintenant ?

Je m'écarte de lui, tout amusement ayant disparu.

— J'en ai vraiment besoin ?

— J'ai observé tes matchs, dit-il doucement.

— Tu aimes me regarder jouer ?

— Ne prends pas la grosse tête. Mais tu perds un peu de puissance au niveau des jambes parce que tu te tournes trop quand tu lances le ballon.

Je baisse les yeux vers lesdites jambes, comme si elles m'avaient fait beaucoup de mal.

— Et comment je fais pour le corriger ?

— Je croyais qu'on était censés regarder le match ?

J'attrape la télécommande et j'éteins la télé.

— Mets tes chaussures. Tu vas m'aider.

Cette fois-ci, lorsque Carter gémit, ce n'est pas de plaisir.

— Je suis professeur de mathématiques. Comment suis-je censé t'aider ?

Enfilant mes chaussures, je pose les mains sur les hanches.

— Tu ne peux pas me dire que je perds de la puissance quand je lance le ballon et t'attendre à ce que j'accuse le coup sans rien dire.

— Je préfère donner des coups de reins moi, marmonne-t-il.

— Tu pourras le faire, plus tard, dis-je tout en laçant ses chaussures. Mais seulement après m'avoir donné un coup de main.

— D'accord. Mais je le fais en protestant.

Je me retiens d'éclater de rire.

— C'est bien noté.

Ce sont des moments comme celui-ci qui me font penser qu'il serait simple de m'assumer avec Carter. Il n'est pas du genre à attirer l'attention sur lui. Ajoutez à cela mon besoin d'intimité pour ne pas être sous les feux des projecteurs et il n'est pas difficile d'imaginer que cela pourrait fonctionner.

Mais ce sentiment d'appréhension me pèse encore lorsque nous sortons sous la fraîcheur de cette journée d'automne. J'essaie de l'atténuer en allant chercher un ballon de football dans la remise. Les lumières sont encore allumées sur le patio, alors que nous nous dirigeons vers l'arrière-cour.

— OK, petit malin. Dis-moi ce que je dois faire pour travailler mon lancer.

— OK, Monsieur le Quaterback.

Son ton taquin provoque immédiatement quelque chose dans mon entrejambe.

Putain, ça va être plus dur que ce que je croyais.

— Je t'ai observé.

— Déjà, ça, ça me plaît.

— Pour des raisons purement éducatives.

— Ouais, ouais.

Je me lèche les lèvres en faisant un pas vers lui.

— Bon – il tend la main pour me stopper – mets-toi en position de lancer et imite ce que tu ferais.

Je fais exactement ce qu'il dit.

Tournant les hanches, je lance le ballon à l'autre bout du jardin.

— Voilà, c'est ça ! dit-il en me pointant du doigt.

— Quoi, voilà ?

J'amplifie mon geste essayant de comprendre de quoi il

parle.

— Je peux ? demande-t-il en désignant ma hanche.

— Je croyais que c'était plutôt clair que tu avais carte blanche, là.

Carter baisse les bras et regarde directement entre mes cuisses.

— S'il te plaît, ne me durcis pas la tâche. Oh, mon dieu, pitié.

Je ne peux m'empêcher d'éclater de rire en le prenant dans mes bras.

— C'est tellement facile avec toi, bébé.

— Tu veux que je te montre ou pas ? J'ai presque envie de te tacler et d'en finir là.

— Ça ne me dérangerait pas que ce soit le cas, dis-je.

— Rappelle-toi que la vengeance est un plat qui se mange froid.

Carter s'éloigne et me demande de me remettre en position.

— Cette fois-ci, stoppe ta rotation de quelques degrés avant de lancer le ballon.

— Tu sais à quel point c'est difficile quand tu as des linebackers qui foncent sur toi ?

Carter me sourit.

— Allez, fais-moi plaisir.

Je lève les yeux au ciel.

— D'accord.

Cette fois-ci, je me mets en position. Je me concentre sur mon lancer. Sur la position de mes hanches et de mes jambes lorsque je me tourne pour lancer la balle. Et je comprends dès l'instant où je lâche le ballon.

— Tu l'as senti, hein ?

— Putain. Comment t'as su ?

— C'est cette fraction de seconde. Tu tournes d'un degré de trop, mais si tu en es conscient, ça va t'aider dans ton jeu de passes. Je pense que c'est arrivé quand tu as pris un gros coup la saison dernière. T'es tombé maladroitement et pour compenser, tu ne mets plus autant de pression sur ta jambe, souligne-t-il.

— Tu sais, pour quelqu'un qui dit qu'il n'aime pas le foot, tu en sais beaucoup sur ce sport.

— Je pense que c'est parce qu'on est en osmose.

— T'as le droit d'avouer que tu aimes bien ce sport.

— Je ne ferai jamais ça.

Carter croise les bras, essayant de me déstabiliser.

Mais depuis les quelques semaines où nous sommes ensemble, je n'ai plus de mal à le cerner.

— Ce serait dur de ne *pas* aimer le football quand tu sors avec le quaterback.

— On n'a qu'à dire que je te porte la poisse et qu'il vaut mieux que je n'aille pas voir tes matchs pour ne pas te déstabiliser.

— Hors de question, dis-je en secouant la tête. C'est impossible que tu me portes la poisse puisque tu m'aides avec mon jeu.

— Qu'est-ce que tu veux que je te dise ? Je comprends bien les cours de sciences du lycée.

Les joues de Carter sont toutes froides lorsque je l'attire contre moi.

— C'est très sexy de voir à quel point tu es un bon professeur.

— Est-ce que ça veut dire qu'on peut rentrer ?

Des mains froides se glissent sous le T-shirt que je porte.

— Si je te laisse me faire des choses cochonnes, ce sera une récompense pour toi ou pour moi ?

— Pour tous les deux, dit Carter en déposant un baiser innocent sur mes lèvres. Clairement pour tous les deux.

— Tant mieux. Alors, ramène tes fesses à l'intérieur.

Chapitre Dix-Neuf

CARTER

Il ne me faut pas grand-chose pour apprécier les capacités athlétiques d'Alex. Pas quand il me poursuit à travers la maison jusqu'à sa chambre.

Tant pis, on ne regardera pas le match cette après-midi.

Ses lèvres réchauffent ma peau refroidie par l'extérieur alors que nous entrons dans sa chambre.

— J'ai l'impression que ça fait une éternité que je n'ai pas été avec toi.

— Tu veux dire depuis hier soir ?

Alex penche la tête sur le côté tandis que j'embrasse et lèche sa pomme d'Adam.

— Qu'est-ce que tu veux que je te dise ? Je suis accro à toi.

Je souris contre sa peau avant de le pousser sur son lit.

— Alors heureusement que j'ai le bon remède pour te soigner.

Alex essaie d'étouffer un rire, mais n'y parvient pas.

— Je suis désolé, c'est juste que c'était super ringard.

Je le chevauche, son membre dur se plaquant déjà contre le mien.

— Je crois qu'on s'est déjà rendu compte qu'on était bien cucu ensemble. Mais si tu ne veux pas que ça le soit, j'imagine que je n'ai qu'à m'occuper de moi-même tout seul.

Je remarque qu'il écarquille les yeux.

— C'est une idée qui te plaît, non ?

Glissant ma main dans mon jogging, je prends mon sexe, baissant mon pantalon et mon caleçon.

Alex se lèche les lèvres.

— Oui, ça me plaît beaucoup.

Je me caresse lentement.

— Ça te plairait encore plus si c'était dans ta bouche ?

J'adore qu'Alex fasse ressortir ce côté-là de moi. Certes, j'aime dominer pendant le sexe, mais je n'ai encore jamais été comme ça. Il y a quelque chose chez cet homme qui me donne envie de lui donner des ordres.

De le posséder comme aucun autre homme ne l'a jamais fait.

Je grogne en imaginant ceux qui l'ont touché avant moi.

Car il est à moi.

— Ça va ? demande Alex avec un air amusé.

— J'étais en train de penser au fait que j'ai envie de te marquer avec ma semence.

— Alors, fais-le.

Alex attrape mes fesses et m'attire un peu plus haut. Je ne perds pas de temps et chevauche son torse large en taquinant ses lèvres avec mon sexe. Des gouttes annonciatrices coulent sur celles-ci tandis qu'il ouvre la bouche, aspirant le bout.

— Putain.

Alex croise mon regard en creusant ses joues et en m'aspirant un peu plus.

— Mon Dieu, comme t'es beau quand tu me prends comme ça.

Je me penche vers l'avant et balance mes hanches, heurtant l'arrière de sa gorge. J'essaie de reculer, mais Alex me maintient.

— Utilise-moi, dit-il une fois que je me suis reculé. J'ai envie d'avoir mal à la gorge demain après que tu aies pris ma bouche.

— Tu es sûr ?

Je passe doucement la main dans ses cheveux, m'assurant qu'il en a envie.

— Oui. Je veux tout avec toi, Carter.

La férocité que je lis dans son regard m'incite à me pencher vers lui pour l'embrasser. Le goût salé sur ses lèvres m'arrache un gémissement profond.

— Fais-le, chuchote Alex contre ma bouche.

Cette fois-ci, lorsque je passe les doigts dans ses cheveux je m'accroche fermement et m'enfonce en lui.

Je garde les yeux rivés sur lui et fais exactement ce qu'il m'a demandé. Je prends sa bouche. C'est le bonheur à l'état pur que de sentir ses lèvres autour de mon sexe. À chaque fois que je le pénètre à nouveau, mes bourses se resserrent.

Je ne suis pas encore prêt à jouir. J'ai envie de faire durer l'expérience. Que ce moment s'éternise. Je veux me souvenir de tout ce qui s'est passé, car c'est extrêmement torride.

Je me retire et caresse ses lèvres avec l'extrémité humide. Il sourit en me léchant.

Des mains puissantes remontent le long de mes cuisses avant de me ramener vers l'avant.

— Il y en a un qui a hâte.

Il fait de son mieux pour sourire, mais à la place il

ondule des sourcils. Des doigts épais commencent à jouer avec mes bourses.

— J'adore quand tu fais ça.

Alex continue de me sucer tandis que la chaleur et le feu semblent parcourir ma colonne vertébrale. Je penche la tête en arrière, essayant de repousser mon orgasme imminent, mais je ne sais pas combien de temps je vais pouvoir tenir.

— Je suis si proche, je gémis.

J'ai la chair de poule en baissant les yeux vers l'homme qui me prend avec sa bouche. Il me serre à nouveau les bourses et j'explose en lui.

J'ai l'impression que c'est sans fin alors que tout mon corps est rempli d'un plaisir que je n'ai jamais ressenti, et je me libère dans la gorge d'Alex. Sa main meurtrit ma hanche, me maintenant au sol alors qu'il me prend jusqu'à la dernière goutte. Je ne sais pas combien de temps s'est écoulé avant que je ne m'effondre à côté de lui.

— Je vais appeler ça, la meilleure fellation du monde, dis-je, essoufflé.

Alex se déplace et s'allonge à côté de moi.

— C'est un sacré compliment.

— Je crois que tu m'as aspiré jusqu'au dernier neurone. Putain, Alex.

Alex ne dit rien mais se penche pour m'embrasser. C'est étourdissant de me sentir sur ses lèvres.

Je m'allonge et j'attire Alex sur moi. C'est alors que je sens son érection évidente.

— Tu as besoin d'aide avec ça ? dis-je en glissant ma main vers la bosse.

— Je ne dirais pas non.

Alex enfonce son visage dans mon cou, léchant et suçant tandis que je mets la main dans son caleçon.

Baissant assez son pantalon pour que son sexe se libère,

je tourne ma main comme il aime, étalant les quelques gouttes annonciatrices au passage.

— Pourquoi c'est si bon ?

Alex plaque son front contre le mien, le plaisir étant gravé sur chaque trait de son visage.

— Parce que c'est toi et moi, je souffle contre ses lèvres humides.

Je le caresse lentement, paresseusement.

— Tu essaies de me faire perdre la tête ou quoi ?

— Je ne fais que te rendre la pareille.

Je me penche pour saisir de nouveau sa bouche. Alex essaie de prendre le contrôle et d'accélérer le baiser.

Je prends son visage dans ma main libre, le ralentissant. Je ne sais pas vraiment ce qui caractérise ce moment avec Alex, mais je veux m'en souvenir.

Son goût.

Ses mains calleuses lorsqu'il tient mon visage.

Les douces mèches de ses cheveux alors que je le serre contre moi.

Sans prévenir, sa semence chaude se déverse sur ma main.

— Putain.

Alex recule, les muscles de son cou sont tendus alors que je l'entraîne dans son orgasme. Je me penche vers lui, léchant le pouls palpitant de son cou.

Mes caresses provoquent un dernier spasme avant qu'il ne s'effondre sur moi.

Nous sommes tous les deux encore habillés, notre désir étant trop puissant pour nous avoir laissé le temps de nous dévêtir.

Essuyant ma main sur mon caleçon, je serre Alex contre moi.

Il sent le sexe et l'air du dehors.

— Si on devait décerner des prix aujourd'hui, je crois que toi tu gagnes celui de la meilleure branlette.

Je me mets à rire, nous déplaçant pour que l'on soit allongés sur des oreillers moelleux.

— Pas la meilleure du monde ? dis-je en lui donnant un coup sur le côté.

Un sourire nonchalant lui étire les lèvres.

— Si, clairement. C'est bon, t'es content ?

— Très.

Chapitre Vingt

CARTER

— **D**epuis quand tu veux regarder les matchs ?

Marley me donne un coup d'orteil dans la jambe alors que nous nous installons pour regarder le match du jour. Nous sommes dans le salon de mes parents. Avec le temps froid qu'il fait à Denver et le feu qui ronfle dans la cheminée, c'est l'endroit idéal pour s'installer confortablement et regarder la télévision. C'est le premier déplacement depuis la semaine de congé et Denver joue en Nouvelle-Angleterre.

— Je soutiens papa.

Sauf que je ne la regarde pas au moment où je parle, car Marley lit en moi comme dans un livre ouvert. Et elle saura que je mens.

— Alors que tu ne l'as pas soutenu une seule fois pour le reste de la saison ?

— C'est si dur de croire que j'ai juste envie de passer du temps avec mon idiote de grande sœur ?

J'attrape une poignée de pop-corn et la fourre dans ma bouche.

— Oui. Tu n'as jamais assisté à un match de football de ta vie.

— Est-ce qu'on a vraiment besoin d'en reparler ?

— Marley, laisse ton frère tranquille, dit maman en s'asseyant sur le fauteuil d'appoint en face de nous. On aimerait pouvoir regarder le match tranquillement.

La grande télévision domine l'espace.

Marley jette un morceau de pop-corn sur moi tandis que les joueurs courent sur le terrain. Je repère Alex. C'est incroyable à quel point il est beau dans un uniforme de football. Son pantalon lui colle à la peau et ses bras se contractent lorsqu'il court, me rappelant un fantasme ambulant.

Un rêve qui m'a réveillé ce matin avec une érection très gênante. Je hais vraiment son emploi du temps.

— Après des années à détester le football, commence Marley.

— Non, les joueurs de foot, je la corrige.

— Très bien. Les joueurs de foot. Et tout à coup, t'es le plus grand fan de Denver ?

— Si tu veux tout savoir, mes élèves ont réalisé un projet avec l'équipe et désormais je me sens plus investi pour les Mountain Lions.

— Ton père m'a dit que ça se passait bien, commente maman.

Ses cheveux blonds ne trahissent pas son âge, mais les rides autour de ses yeux, si.

— Il en a parlé ? je demande en fourrant un autre pop-corn dans ma bouche.

Maman acquiesce.

— Il a seulement dit que c'était agréable de te voir au camp d'entraînement. Et à nouveau au repas de famille.

— Tu vois, lance Marley. Il faut vraiment que tu en fasses plus.

— Marley, dit maman d'un ton plein d'avertissement.

— Tu veux bien laisser tomber ? je soupire alors que le match commence.

— T'es amoureux duquel ? soupire Marley.

— Je ne suis amoureux de personne.

Amoureux ? Alex et moi n'avons pas encore prononcé ce mot. Mais comment ne pas l'être après ce bal surprise ? Quoi qu'il en soit, ce qui se passe entre nous est encore trop récent. Le dernier garçon que j'ai présenté à ma famille est parti en moins d'une semaine. J'ai l'impression que je vais nous porter la poisse en le disant à ma sœur.

Et je n'ai surtout pas envie de faire fuir Alex, alors je le garde pour moi.

Alex et ses superstitions commencent à déteindre sur moi.

— C'est pas grave si c'est le cas. Ils ne seront pas tous comme ce connard au lycée.

— Marley. Honnêtement, dit ma mère en secouant la tête. On dirait que je vous ai élevés dans une porcherie quand je t'entends parler.

Nous éclatons tous les deux de rire face à son air exaspéré.

— C'est vrai, maman. Ce type était un connard.

Maman ne peut pas cacher son sourire lorsqu'elle se retourne pour se concentrer de nouveau sur le match.

— Crois-moi, j'en suis bien conscient, dis-je à Marley.

Je me repositionne sur le canapé usé pour me concentrer sur ce qui se passe à l'écran.

Marley se penche vers moi et m'attrape la main.

— Carter. Ce n'est pas la fin du monde… Attends, tu viens d'être d'accord avec moi, là ?

Je lève les yeux au ciel.

— Faut pas que ça te monte à la tête.

Elle secoue ses cheveux.

— Je ne pensais pas que ce jour arriverait. Qu'un joueur de foot te plaise.

— Qu'est-ce que tu veux que je te dise ? Les Mountain Lions sont des types bien, dis-je en riant. Ils ne jouent pas avec les sentiments. Même si, techniquement, ce sont tous des joueurs.

— Mon Dieu, qui que soit ce gars, j'espère qu'il aura la patience de te supporter.

Je me focalise de nouveau sur le match. Alex parvient à facilement amener l'équipe sur le terrain pour mener la première offensive.

— C'était une bonne première tentative, dis-je avec désinvolture. Peut-être que papa va enfin avoir sa bague du Super Bowl.

— Mais sérieux qui es-tu et qu'as-tu fait à mon frère ?

— Peu importe ce qui t'arrive, ça me plaît, dit ma mère en me faisant un clin d'œil.

Je me souris à moi-même, repensant à l'homme à la télévision.

Avant, j'avais peur qu'il me largue pour quelqu'un de plus intéressant.

Mais sous tout cet équipement et cette mentalité de footballeur se cache quelqu'un qui est tout aussi intello que moi.

Ces deux derniers mois, j'ai eu de plus en plus de mal à me retenir avec Alex. Je veux tout lui donner. Je pensais que ce serait effrayant de tomber amoureux d'un autre joueur.

Finalement, lui offrir mon cœur pourrait être la chose la plus effrayante de toutes.

Chapitre Vingt-Et-Un

— **T**u es très beau ce soir.

J'ignore les paroles de Carter lorsqu'il monte dans la voiture. Son odeur propre emplit l'espace, chose à laquelle je deviens rapidement accro.

— Quand on n'a pas souvent l'occasion de sortir le soir, on veut faire les choses bien.

Carter se penche vers la console, me dévorant du regard.

— C'est sûr que quand on a ton physique on doit vouloir le montrer autant que possible.

Attrapant son menton, je l'attire vers moi pour l'embrasser rapidement.

— T'es piquant ce soir.

— Quand on me fait veiller tard un soir d'école, je peux l'être oui.

— Tu aurais pu dire non.

En sortant dans la rue, je me dirige vers le restaurant en question.

— Et rater une rare occasion de passer la soirée avec

Monsieur le Quarterback après la victoire d'aujourd'hui ? Je ne crois pas, non.

Je lutte contre l'éternel sentiment de culpabilité que m'inspire le commentaire de Carter. El Five est l'un des rares endroits où je vais et où l'on me laisse tranquille. L'anonymat, c'est la clé – une seule personne me connaît là-bas et je n'ai pas envie que ça change. Et comme il ne travaille pas les dimanches, c'est plus facile de m'exposer comme ça.

— Le gérant garde l'établissement ouvert un peu plus tard que d'habitude pour nous.

— Est-ce que c'est cucu de dire que je suis content que tu prennes le temps d'être disponible ?

M'arrêtant au feu rouge, je lui jette un coup d'œil. Les lampadaires l'éclairent d'une faible lueur. Vêtu d'une simple chemise boutonnée aux manches retroussées, il est toujours l'un des hommes les plus sexy que j'aie jamais vus.

— On s'est mis d'accord sur le fait qu'on aimait bien quand c'était cucu. Je suis content qu'on soit rentrés plus tôt que prévu, moi aussi. J'ai cru qu'on allait se retrouver bloqués par la neige en Nouvelle-Angleterre.

— Personnellement, je ne voudrais jamais me retrouver coincé en Nouvelle-Angleterre. Même moi je sais que leurs fans sont horribles.

Je souris, ajustant ma position tout en roulant jusqu'au restaurant.

— Tu n'imagines vraiment pas à quel point c'est sexy quand tu parles de football.

— Aussi sexy que lorsque tu me parles de bandes dessinées.

Je passe la main par-dessus la console et je serre sa cuisse.

— On ne devrait pas avoir ce genre de conversation en étant bloqué dans un lieu public.

En contournant le voiturier, je me dirige vers le parking souterrain et trouve une place. À cette heure avancée de la nuit, il est vide.

Encore un autre avantage quand on sort si tard.

— On dirait encore que tu vas essayer de me tuer.

Je m'esclaffe en verrouillant la voiture et en l'entraînant vers l'ascenseur.

— Je pense que ça fait un moment qu'on sait que je ne vais pas essayer de te tuer.

— Tu essaies peut-être juste de m'amadouer.

En entrant dans l'ascenseur, j'observe Carter.

Je n'aurais jamais pensé que quelqu'un comme lui me plairait. Les hommes de mon passé étaient costauds et dominateurs. Des hommes qui ne savaient absolument pas qui j'étais. Cela me permettait d'échapper à ma réalité, même pour un court instant.

C'était sans doute pour ça qu'ils m'attiraient. Parce qu'ils ne seraient jamais le genre de personne avec qui je pourrais me mettre en couple.

Alors qu'ils étaient tous rudes, Carter lui est doux.

Ils n'étaient que des coups d'un soir. Alors que Carter est bien plus problématique, car même après quelques mois passés avec lui, j'en veux plus.

J'en imagine plus. J'espère plus.

Mais plus, c'est dangereux.

Il pourrait tout me prendre en un clin d'œil.

— Tu m'as l'air bien pensif, dit calmement Carter alors que l'ascenseur nous emmène au dernier étage.

Un petit sourire lui étire les lèvres. Il fait disparaître la culpabilité que je ressens à l'idée d'avoir menti à cet homme.

Ma prise sur la rampe se resserre. Je veux lui tendre la main. L'attirer plus près de moi. Mais cette pensée est toujours présente – quelqu'un pourrait monter dans cet ascenseur à n'importe quel étage et nous voir.

Au moins, avec le restaurant, je sais qu'il sera vide.

Parce que j'ai payé pour qu'il en soit ainsi.

— J'admire juste la vue.

Et voilà, il rougit à nouveau.

— J'ai l'impression que j'ai plus de choses à admirer que toi.

— Je ne dirais pas ça.

L'air semble s'épaissir dans le petit espace.

Carter écarquille les yeux, sans doute de la même façon que moi.

Avant que je ne puisse faire un pas vers lui, l'ascenseur s'ouvre sur le restaurant. Un restaurant vide, pour notre plus grand bonheur, rien que pour nous deux.

— Bonsoir, messieurs, nous accueille un homme d'un certain âge avec des cheveux gris. Bienvenue au El Five. Votre table est par ici.

Des peintures colorées ornent chaque mur. Les plafonds en miroir font paraître l'espace plus grand et plus lumineux qu'il ne l'est.

Il nous conduit à un endroit qui donne sur l'espace restaurant sur le toit. En cette saison, il fait trop froid pour s'asseoir dehors.

— La cuisine prépare votre commande et si vous avez besoin de quoi que ce soit, appelez-nous. Sinon, passez une bonne soirée.

— Merci.

— Waouh. T'as mis le paquet.

Carter est émerveillé lorsqu'il s'assoit, ses yeux bleus scannant la vue devant nous. Le centre-ville est tout illuminé, comme s'il nous offrait son propre spectacle.

— C'est pour ça que j'aime cet endroit. C'est difficile de sortir dans cette ville, surtout quand l'équipe gagne.

Il laisse tomber sa serviette sur ses genoux et se tourne vers moi.

— Ça doit être dur d'être sous les feux de la rampe.

— C'est vrai. Mais j'aime ce que je fais.

Cela signifie aussi que je sacrifie beaucoup ma vie privée. La conversation que j'ai eue avec Tommy il y a quelques semaines me pèse encore.

Parce que maintenant que les choses sont plus sérieuses avec Carter, je lui suis redevable. Je lui dois cette conversation. Surtout maintenant que je connais les problèmes qu'il a rencontrés par le passé.

— Tu veux une bière ?

Il m'offre un verre avec un doux sourire.

Je le saisis et le lève pour porter un toast.

— À toi et moi.

— Toi et moi.

Nous buvons notre bière alors qu'on nous apporte nos plats.

— Ça sent délicieusement bon.

Le serveur s'éclipse aussi vite qu'il est venu.

— La sauce à l'ail c'est ma préférée.

— Waouh. J'imagine que t'as vraiment pas envie de m'embrasser ce soir, dit Carter en plongeant un morceau de pita dans la sauce épaisse.

Je lui prends la main pour lui voler une bouchée.

— Pas si on a tous les deux la même haleine.

— Pour ça il faudrait déjà que tu me laisses manger, grommelle-t-il.

Nous rattrapons tous ces jours où nous n'avons pas pu nous voir en parlant du projet des élèves de Carter et je lui donne mon avis sur la saison en cours.

C'est facile. Amusant. Léger.

Tout ce que je souhaite que ce soit.

Le fait d'être dans un endroit sûr comme celui-ci – l'un

des rares que j'ai à Denver – me permet de croire que c'est bien ainsi qu'est ma vie avec Carter.

Que les gens n'en auraient rien à faire que j'aime les hommes.

Mais je ne suis pas idiot. Si je fais du surplace, c'est parce que je veux le beurre et l'argent du beurre. Carter et le football.

Est-ce trop demander ?

Chapitre Vingt-Deux

ALEX

—N oir, quarante-deux ! *Set, hike* !
J'annonce le début du match et je regarde les joueurs se mettre en action.

Des trombes d'eau trempent le terrain.

Voyant mon gardien trébucher, je me précipite. Le défenseur d'Indy – un homme gigantesque – fonce vers moi et je fais de mon mieux pour trouver un receveur en bas de terrain pour éviter de me faire plaquer.

Mais mes pieds ne sont pas assez rapides. Au moment où je lâche le ballon, le linebacker enroule ses bras autour de moi et me serre jusqu'à m'écraser les os tandis que nous tombons sur la pelouse.

— Putain !

J'essaie de repousser le défenseur, sentant la douleur irradier sur le côté.

— Merde. Ça va, mec ?

Il tend la main pour m'aider. Mais je la repousse.

Luttant pour ne pas grimacer, je souffle en me relevant. La pluie tombe encore plus fort qu'au début du jeu, si c'est même possible.

— Ça va. Laisse-moi juste une minute.

Les soigneurs se précipitent sur le terrain, mais je leur fais signe de s'éloigner. Il nous reste encore une passe à jouer et je ne vais certainement pas passer à côté. Le score est à égalité et il ne nous reste que quelques minutes de match et nous avons besoin de cette victoire.

Les Mountain Lions sont en bonne position pour participer aux playoffs. Et si l'on gagne aujourd'hui, nous aurons la première place. Si Vegas perd aujourd'hui, nous pourrons nous assurer une place au premier tour. Et cela voudrait dire que nous pourrions jouer à domicile durant tous les matchs éliminatoires. Je sais que ça rend Vegas et leurs fans complètement dingues, parce que Hollins n'a pas arrêté de tweeter ce week-end pour nous décourager. Déjà après une bonne semaine ce n'est pas évident de faire abstraction du bruit, mais c'est encore plus dur lorsque ça vient d'un autre joueur. Surtout quand il s'agit d'un joueur aussi con que Hollins.

— OK les gars, c'est l'heure pour un *power run*[1]. Winchester, t'es prêt ?

Je sens l'excitation qui émane de Logan. Avec l'absence de notre running back titulaire, Logan a intensifié son jeu.

— On y va putain ! rugit-il, encourageant les attaquants.

Il a bien fait ses preuves, mais toute la ligne se nourrit de son énergie.

— Red Heat Marlins à trois.

En me plaçant derrière mon centre, je ressens une douleur fulgurante au niveau de mon flanc lorsque j'effectue le main à main et transmets le ballon à Logan. Sur le terrain glissant, un défenseur rate un plaquage facile et Logan s'élance sur le terrain pour marquer un touchdown.

La foule explose alors que je trottine jusqu'à la ligne de

touche. Normalement, j'irais le féliciter, mais putain, là j'ai vraiment mal.

— C'est bon, on peut t'ausculter maintenant ? grommelle un soigneur.

— Attendez la fin du match. Il ne reste pas beaucoup de temps.

Après avoir avalé un peu de Gatorade[2], je m'assois sur le banc de touche pour regarder Jackson botter le point supplémentaire.

— Ramène la coupe à la maison, Fisher ! je crie à Knox tandis que la défense se prépare à prendre le terrain.

Ça n'a pas été un match facile. Indianapolis ne se laisse pas faire et ils nous ont tenus en haleine tout le long du match.

Mais avec leur nouveau quaterback, il est facile de profiter des lacunes de leur équipe et de repérer les trous dans leur ligne de défense. C'est d'ailleurs grâce à l'identification d'un de ces trous que Knox a pu forcer un échappé, scellant notre victoire.

Tout en les félicitant, je me fais interpeller par les journalistes de la ligne de touche après le match.

— Alex, c'était une victoire difficile aujourd'hui. D'après vous qu'est-ce qui vous a permis de prendre le dessus et de gagner dans ces conditions ? me demande Tracy, la journaliste de bord de terrain.

— C'était un travail d'équipe. L'attaque, la défense, les équipes spéciales. Tout le monde a joué son rôle. Indy est une bonne équipe, mais nous avons réussi à l'emporter aujourd'hui.

— Vous comptez regarder le match de Vegas tout à l'heure pour voir si les Mountain Lions peuvent décrocher la première place des playoffs ?

J'acquiesce, souriant à l'idée que Vegas perde. Même si

ce n'est pas quelque chose que je peux dire durant cette interview.

— Tant que nous jouons notre jeu, c'est tout ce que nous pouvons contrôler. Ce sera un bon match à regarder entre deux rivaux de division.

— Le coup que vous avez reçu à la fin du match était brutal. Comment vous sentez-vous ?

J'écarte la question comme si elle n'avait pas d'importance.

— Ça fait partie du jeu.

— Allez fêter votre victoire, alors.

Elle me fait signe de partir et je rentre en courant dans les vestiaires sous les acclamations des supporters.

Les victoires à domicile sont l'un des aspects que je préfère dans ce sport. L'énergie de la foule est toujours de notre côté et cela ne facilite pas la tâche aux autres équipes lorsqu'elles viennent jouer ici. Le noir et le jaune qui remplissent les gradins me donnent toujours de l'énergie et nous ont aidés à remporter la victoire aujourd'hui.

En jetant mes protège-poignets vers les gradins, je m'abrite enfin de la pluie dans les vestiaires.

L'adrénaline vibre tout autour tandis que les gars sont galvanisés par la victoire.

— OK. Avant que tout le monde ne pète les plombs, j'ai envie de passer le ballon à quelqu'un.

Le Coach fait taire tout le monde.

— Alex. Le ballon est pour toi. Tu nous as fait remonter au quatrième quart-temps et maintenant nous sommes en très bonne position pour le tournoi final à élimination directe. Mais on ne peut pas ralentir le rythme. Tout le monde va s'acharner sur nous, alors gardons la pédale au plancher. Bon travail, les gars !

Le Coach me lance le ballon et je l'attrape avant que tout le monde ne se taise.

— Il n'y avait pas que moi sur le terrain aujourd'hui. Nous nous sommes tous battus pendant soixante minutes. Mais il y a une star dans ce match. Pour son tout premier match en tant que titulaire remplaçant – Winchester, celle-ci est pour toi !

Logan est rouge tomate tandis que les attaquants le poussent au centre du vestiaire.

— Merci, mec.

— Tu as super bien joué à la fin. Continue comme ça et tu seras titulaire en un rien de temps.

Je lui tape sur l'épaule et le renvoie à ses occupations. Le temps que je retourne à mon box, les soigneurs me regardent tous d'un mauvais œil.

Je me débarrasse de mon maillot et de mes protections et je les suis dans la salle d'entraînement. Dès que j'enlève mon maillot, les bleus sont évidents.

— On va faire une radio pour nous assurer que tu ne t'es rien fracturé.

— Je n'ai pas si mal.

Paige, qui est le soigneur de l'équipe depuis longtemps, me lance un regard dur. Ce n'est pas le genre de personne à qui l'on a envie de se frotter.

— Tu veux que j'appuie pour m'en assurer ?

Je grimace.

— Non, pitié.

Après avoir passé une série de radios, qui, heureusement, révèlent que rien n'est cassé, on me renvoie chez moi en me demandant de me reposer pendant les prochains jours d'entraînement.

Si loin dans la saison… ça va être difficile. Comme l'a dit le Coach, on ne peut plus reculer.

La frustration m'envahit alors que je retourne à mon casier. J'attrape mon téléphone et remarque que j'ai une tonne de messages. Mais c'est celui de Carter qui attire mon attention.

CARTER

On sort ce soir ? Pour fêter la victoire : la
première place !

Un sourire m'étire les lèvres avant de disparaître immédiatement. Je ne sais pas encore combien de temps je vais pouvoir continuer ma relation avec Carter si nous restons toujours cloîtrés chez moi. J'ai envie d'être avec lui, mais l'idée de faire mon coming out me rend malade.

ALEX

Et si on commandait à manger plutôt ?

Tu ne deviens pas fou à force de rester
chez toi ?

Le coup que j'ai pris était bien plus violent
qu'il n'y paraît. Je préférerais me baigner
dans le jacuzzi plutôt que de devoir gérer
les fans dehors.

Je prendrai des plats thaïlandais sur le
chemin alors.

J'expire avec frustration et je range mon téléphone dans mon casier avant d'aller prendre une douche. J'augmente la température de l'eau et la laisse couler sur mes muscles meurtris.

Ayant rejoint la salle d'entraînement, je suis l'un des derniers retardataires à entrer dans la douche.

J'ai déjà pris des coups comme celui-ci, mais avec chaque année qui passe, les courbatures et les douleurs du jeu sont de plus en plus difficiles à ignorer.

Et maintenant que Carter fait partie de ma vie, j'ai de plus en plus de mal à cacher qui je suis réellement. Je n'arrête pas de repenser à cette conversation avec mon frère. Je ne suis pas juste envers lui.

Je ne peux pas continuer à lui mentir.

Je devrais lui dire.

Il faut que je lui dise.

Peut-être que ce ne sera pas aussi horrible que ce que j'imagine. Certes, Carter sera probablement contrarié, mais peut-être que ce ne sera pas la fin de notre relation.

Sauf que tu lui as menti dès le premier jour.

— Putain ! je crie dans le vide. Putain, putain, putain !

J'ai envie de frapper quelque chose. De cogner le mur carrelé pour me sentir mieux. Mais ça n'arrangerait pas ma situation.

La chose que j'aime le plus interfère avec l'homme dont je suis en train de tomber amoureux.

Pourquoi la vie n'est-elle jamais simple ?

— T'as une sale tête.

— Ravi de te voir aussi.

Je referme la porte derrière Carter et retourne au salon d'un pas traînant.

Les moments forts du jeu sont soulignés à la télévision tandis que je me laisse retomber sur le canapé. J'ai allumé la cheminée dès l'instant où je suis arrivé à la maison. J'ai du mal à me remettre du froid du match.

Il cesse de me regarder durement. Je sais qu'il est vexé que je refuse de sortir ce soir. Je suis surpris d'être encore debout avec toute cette culpabilité qui me ronge de l'intérieur.

— Désolé. Ça va ? Tu t'es pris un sacré coup.

— C'est sûr que ce n'était pas agréable.

— Qu'est-ce que je peux faire pour t'aider ?

Carter s'assoit sur la table basse en face de moi. Je lis l'inquiétude et l'attention dans ses yeux tendres.

— Tu as besoin d'une poche de glace ou autre ? Tu veux de l'Ibuprofène ?

Carter est trop bien pour moi. J'ai envie de hurler sur les toits que je suis en couple avec cet homme.

J'ai envie de le lui dire. Je n'ai pensé qu'à ça toute l'après-midi.

— Carter. Il faut que je te dise quelque chose.

— Qu'est-ce qui ne va pas ?

Je lis l'inquiétude dans ses yeux.

— Je suis…

J'ai les mots sur le bout de la langue, mais les voix des journalistes sportifs retentissent soudain plus fort.

« Information importante en provenance d'Atlanta. Des photos récentes montrent le joueur de milieu de terrain, Mahoney Holmes, du club de foot Atlanta Rising en train d'embrasser un homme. »

— Putain. Je l'ai rencontré cet été lorsqu'ils jouaient à Denver.

J'attrape la télécommande.

« Bien qu'aucune déclaration n'ait encore été faite par l'équipe, cela remet en question la sexualité de Holmes. De nombreux acteurs du monde du sport ont pris sa défense, mais d'autres portent un jugement. Derek Hollins du Vegas Storm a partagé le tweet suivant :

VgsStarHollin22 : Peut-être que ça passe au futbol[3]... mais les vrais hommes jouent au football américain et ici, y a pas de place pour les pédales... »

Putain.

Putain. Putain. Putain.

— T'étais au courant ? me demande Carter.

Je suis trop abasourdi pour répondre.

C'était exactement ce dont j'avais peur. Ça, la réaction de Hollins, c'est ma plus grande peur.

C'est un salaud. Il l'a toujours été. Mais ce n'est pas plus facile de le voir écrit comme ça.

Ce que je comptais dire à Carter m'échappe. Le peu de courage que j'avais rassemblé pour avouer mon mensonge à Carter a disparu.

Je n'ai plus aucun espoir de réfléchir à un plan ensemble.

Tout ça à cause d'un connard à Vegas et de son téléphone.

Chapitre Vingt-Trois

CARTER

— T'es vraiment obligé d'aller travailler aujourd'hui ? gémit Alex alors que l'alarme du réveil retentit dans la pièce silencieuse.

— Je ne suis pas comme toi, je n'ai pas le droit à un jour de congé après une victoire.

Il passe un bras autour de moi et m'attire plus près.

— Je peux peut-être t'écrire un mot pour que tu ne sois pas obligé d'aller en cours.

Alex frotte sa barbe contre mon dos.

— Ça ne marche pas vraiment comme ça.

Je ne fais pas un geste pour me lever, couvrant sa main avec la mienne. Depuis le coup qu'il a reçu hier, il n'est plus trop dans son assiette.

Je ne saurai pas dire pourquoi exactement, mais je le trouve assez collant. On dirait que s'il ne me touche pas, il a peur que je disparaisse.

— J'aurais aimé que ce soit le cas. J'aimerais bien passer la matinée avec toi.

Je ferme les yeux. Le soleil n'est toujours pas levé. Et c'est encore plus difficile de laisser Alex dans ce lit chaud.

— Qu'est-ce que tu ferais ?

Je me tourne vers lui, alignant parfaitement mon corps avec le sien. Ses yeux bruns endormis rencontrent les miens. Avec ces yeux, j'ai du mal à penser à autre chose.

— Beaucoup de choses. Je commencerais peut-être par une fellation, puis je te laisserais me prendre sous la douche.

Je gémis, lui mordant l'épaule.

— Tu ne devrais pas me dire tout ça alors qu'il faut absolument que je sorte du lit.

— Pourquoi t'es obligé d'être une si bonne personne et d'aller enseigner aux futurs citoyens de demain ?

— On pourra peut-être faire toutes ces choses ce week-end, dis-je en l'embrassant de son épaule à son oreille. Tu es à la maison ce week-end, non ?

Il acquiesce contre moi.

— Alors, sortons vendredi.

Je distingue déjà le refus sur ses lèvres avant même qu'il ne le prononce. Couvrant sa bouche avec ma main, je plaide ma cause.

— Les parents des élèves m'ont offert une carte cadeau pour les avoir chaperonnés au bal.

— Quoi ? marmonne Alex contre ma main. Ça ne fait pas partie de ton travail ?

— Si, mais ce sont les parents des élèves que j'ai surpris avec de l'alcool.

— Ah.

— Je sais que tu n'aimes pas sortir…

— Pourquoi j'aimerais ça alors que j'adore t'avoir ici pour moi tout seul ? chuchote Alex en m'embrassant dans le cou.

— Tu n'en as pas marre d'être entre les murs de ta maison ?

Je n'aime pas me plaindre, car j'adore passer du temps

avec Alex ici. Les choses deviennent plus sérieuses entre nous et j'ai envie de sortir dehors avec lui et de le montrer à tout le monde.

Alex secoue la tête.

— C'est pour ça que je les ai peints d'une couleur que j'aime.

Je le repousse.

— Je suis sérieux. J'aimerais beaucoup t'emmener dîner. Tu as déjà fait tellement de choses pour moi et je sais qu'hier ça n'a pas été une journée facile pour toi. Peut-être que ça te fera du bien de sortir et de te défouler.

— OK, soupire-t-il.

Un sourire victorieux se dessine sur mes lèvres.

—Je te promets que tu vas adorer.

L'embrassant bruyamment sur la bouche, je sors du lit.

— Si tu te dépêches, on aura peut-être le temps pour quelques caresses rapides avant que je ne parte au travail.

Il a déjà quitté le lit avant même que je n'aie le temps de terminer ma phrase.

Chapitre Vingt-Quatre

ALEX

Tu peux le faire. Tu peux le faire.

Peut-être que si je me le répète assez de fois, ça deviendra réel. Mais plus Carter et moi nous approchons du Punchbowl, plus je deviens nerveux.

Tout en moi me hurlait de dire non à Carter. De ne pas sortir en public avec lui.

Mais j'ai ignoré la peur qui me tenaillait l'estomac et j'ai quand même dit oui.

Car comment dire non à l'homme dont je suis amoureux ?

— Tout va bien ? demande Carter en se garant derrière l'immeuble.

Je hoche la tête.

— Désolé, longue journée d'entraînement.

— Quel coach impitoyable vous avez.

— Tu pourrais peut-être lui parler, dis-je en détachant ma ceinture pour me tourner vers lui. Tu pourrais lui dire qu'on a beaucoup bossé et qu'on pourrait rentrer plus tôt un jour.

Le rire de Carter ne calme pas beaucoup mes nerfs.

— Oui, je suis certain qu'un coach de football professionnel écouterait les conseils d'un professeur de maths.

Je lui donne un petit coup dans l'épaule tandis que nous sortons de la voiture.

— Notre coordinateur offensif a été impressionné par tes élèves. Il a conçu quelques stratégies qui ont bien fonctionné pour distraire les défenses adverses.

— Ça me surprend toujours.

Je secoue la tête en tenant la porte grande ouverte.

— C'est pas toi qui me dis tout le temps que les statistiques peuvent toujours tout expliquer ?

— Je suis content que tu m'écoutes.

Carter me tapote le torse en entrant.

Je suis étonné qu'il n'ait pas senti les battements rapides de mon cœur contre ma poitrine.

Calme-toi, Alex. Tu peux le faire.

En suivant Carter, nous trouvons une table vide derrière le bar. Avec les murs en briques apparentes et le faible éclairage, je ne me sens pas aussi exposé que je le pensais. Les jeux d'arcade sont bruyants, le son des boules de bowling frappant les quilles résonne dans l'air.

Il n'y a pas autant de monde que ce que j'imaginais — la foule qui arrive souvent après le travail n'est pas encore autour du bar.

— Bienvenue au Punchbowl. Je vous sers quelque chose à boire ?

Le barman ne tarde pas à s'approcher. S'il me reconnaît, il ne le montre pas.

— Deux bières.

Carter commande pour nous deux.

— C'est plutôt audacieux de ta part de supposer que j'aimerais une bière.

Je m'adosse à la chaise et croise les bras.

— Vu que je ne t'ai jamais vu boire autre chose depuis qu'on se fréquente, je suis assez confiant dans mon choix.

Je suis extrêmement heureux qu'il le sache.

— D'accord.

Notre serveur apporte les deux bières, et j'essaie de cacher mon sourire derrière mon verre, mais je n'y arrive pas. Je sens le regard de Carter sur moi.

— Comment tu te sens pour le match de ce week-end ?

Je hausse les épaules en faisant glisser un doigt sur le bord du verre.

— Je suis surtout inquiet pour le match contre Vegas dans quelques semaines. C'est toujours un match difficile, mais désormais il y a tellement d'autres facteurs. Le fait que Hollins ait neutralisé Colin la saison dernière en fait partie.

— Il n'est pas fair-play ? demande Carter en buvant sa boisson.

— Ça, tu peux le dire.

Je lui montre son dernier tweet dans lequel il explique que le dernier coup que j'ai pris contre Indy ne sera rien comparé à ce qu'il a l'habitude de faire.

Carter grimace de façon visible de l'autre côté de la table.

— Tu n'as jamais pris un coup comme ça auparavant, non ? La ligue devrait le suspendre.

—Tu crois que ça devrait m'inquiéter que je ne puisse pas te répondre ? plaisanté-je. Et puis c'est que du bla bla. On ne peut pas faire grand-chose à ce sujet.

— J'aimerais pouvoir t'aider. Je ne supporte pas que ce soit un tel connard et que je ne puisse rien faire pour aider le quaterback super mignon qu'il a dans sa ligne de mire.

— Tu me trouves mignon, hein ?

Carter lève les yeux au ciel en prenant une longue gorgée.

— Mon Dieu, je n'aurais jamais dû ouvrir ma bouche.

— Tu sais que ça me plaît quand tu le fais.

Carter rougit. Il a beau être autoritaire sous la couette, ce genre de remarque dans les espaces publics le fait se recroqueviller sur lui-même. Et je ne sais pas pourquoi j'aime tant le faire rougir.

— Garde tes idées cochonnes pour toi. Elles vont t'attirer des ennuis.

— Tu vas me punir du coup ? dis-je en haussant un sourcil.

Il s'étouffe avec sa boisson.

— Pourquoi je me tire toujours une balle dans le pied comme ça ?

— Je suis surpris que tu ne t'en rendes pas compte. Tu enseignes pourtant à des lycéens.

Carter secoue la tête et une mèche de cheveux blond foncé lui tombe devant les yeux. Je me fais violence pour ne pas tendre la main et la remettre en place.

— Je suis devenu immunisé, je crois. Il y a des mots que je n'oublierai jamais après les avoir entendus.

— J'ai eu envie de me laver les oreilles à l'eau de javel après avoir chaperonné ce bal. On était comme ça au lycée ?

— Moi je ne l'étais pas. Mais je suis sûr que le lycée était plus différent pour toi que pour moi.

Je m'esclaffe et bois ma bière.

— Même si tu penses que j'étais cool au lycée, crois-moi, j'étais quand même maladroit. C'est juste que je ne me faisais pas taper dessus parce que j'étais le quaterback de l'équipe. Ça aidait un peu.

Carter m'étudie du regard.

— Je doute que tu aies pu être maladroit ou gênant. Et même si c'était le cas, j'aurais quand même craqué sur toi.

— Même si tu n'aimais pas les sportifs au lycée ?

Il acquiesce.

— Oh, absolument. Tu serais l'exception qui confirme la règle, Alex Young.

Avant que je ne puisse dire quoi que ce soit, quelque chose attire mon attention.

— Hé, mec ! T'es Alex Young !

Deux types s'arrêtent à notre table.

Même si je me sentais plutôt bien jusqu'à présent, tout disparaît. Pourtant je suis juste avec Carter. Rien dans notre posture n'indique que nous sommes deux gars qui ont un rencard. On passe juste du temps ensemble. Toutes les cellules de mon cerveau me hurlent d'abandonner cette conversation le plus vite possible, car elle ne va pas bien se terminer.

— Salut, les gars. Vous êtes fans des Mountain Lions ? je leur demande en leur serrant la main.

— Oui ! T'étais super la semaine dernière. Avec d'autres matchs comme ça, on ira sûrement au Super Bowl.

— Ma ligne offensive joue très bien. C'est surtout eux qui me mettent en avant.

— Il est trop modeste, dit Carter en posant la main sur mon avant-bras avant de le serrer.

Son geste provoque en moi une vague de panique.

— Il joue très bien, ajoute Carter.

Je rougis tout en regardant les deux gars, dégageant lentement mon bras. Je pose les mains sous la table et serre mes genoux.

Ils ne remarquent rien du tout.

Mais Carter, si.

— Oh, mon Dieu.

Il met à peine deux secondes à comprendre. Il se lève brusquement, cognant la table au passage en renversant sa bière.

— Il faut que j'y aille.

— Attends !

Il continue de reculer.

— Écoutez, les gars, je ferais mieux de nettoyer tout ça. C'était super de vous rencontrer.

— Grave, mec, dit l'un d'entre eux avant de me donner une petite tape dans le dos et de brandir son téléphone. On peut faire une petite photo avant que tu t'en ailles ?

Ah, la vie d'athlète.

— Bien sûr.

Dès que le « clic » de l'appareil photo retentit, je leur donne une tape amicale dans le dos et pars chercher Carter.

Le bar s'est bien rempli depuis notre arrivée. Les gens s'agglutinent autour des tables, me bloquant la vue.

La peur s'installe, car je ne peux pas laisser Carter partir sans lui avoir parlé avant. Je le repère enfin, se faufilant entre deux personnes qui tiennent la porte d'entrée du bar ouverte.

— Carter ! je crie en le suivant.

Mais soit il ne m'entend pas, soit il s'en fiche.

La deuxième option accélère mon rythme cardiaque. À cause d'une seule conversation, tout mon monde s'écroule.

Je dois lui courir après, bien plus que ce que je n'aurais imaginé, le suivant jusqu'au parking du fond.

— Carter, attends !

J'attrape la poignée de la portière avant qu'il ne puisse l'ouvrir.

— Pourquoi ?

Le venin dans sa voix me frappe en pleine poitrine. Je ne crois pas l'avoir déjà vu autant en colère.

— Je ne sais même quoi te dire là !

— Je peux tout t'expliquer.

Carter croise les bras, s'adossant à sa voiture.

— Ah oui ? Tu peux m'expliquer pourquoi ces derniers mois où nous sommes sortis ensemble, tu m'as menti ?

— Je ne mentais pas.

— Tu ne mentais pas ? Et moi qui pensais que je sortais avec un gars qui avait fait son coming out et était fier d'assumer sa sexualité, puisque c'est lui qui m'a séduit, mais désormais j'apprends que tout ce que je signifiais pour lui n'était qu'un mensonge.

— Ce n'est pas parce que je n'ai pas encore fait mon coming out que tout était un mensonge.

Carter secoua la tête.

La douleur.

La colère.

La déception.

Voilà tout ce qui émane de lui par vagues.

Et j'aimerais dire que je ne le mérite pas, mais c'est faux.

— Mon Dieu, mais j'ai été tellement bête, dit Carter en se frappant la tête. Tu connaissais mon passé avec ce connard au lycée et tu m'as fait exactement la même chose ! Tout a tellement plus de sens maintenant.

Putain.

Putain.

Je vois qu'il se remémore chaque moment que nous avons passé ensemble et qu'il les perçoit désormais sous un nouveau jour.

Tout ce que nous avons – que nous avions – s'effondre autour de moi parce que je ne lui ai pas dit la vérité.

— S'il te plaît, Carter. Je t'ai…

— Non ! crie-t-il en pointant le doigt vers moi. Tu n'as pas le droit de me dire ça maintenant. Pas quand tu m'as menti. Comment ai-je pu être aussi stupide ? Tout ce qu'on a fait c'était pour que ton secret ne soit pas divulgué. Je n'y ai jamais vraiment pensé parce que je ne faisais pas attention au foot auparavant, mais c'est pour ça qu'on ne sortait jamais. Toute cette relation s'est faite selon tes conditions et tu me gardais auprès de toi pour ton propre plaisir.

— Laisse-moi t'expliquer, je le supplie.

Carter m'ignore et sa fureur est palpable.

— C'est pour ça que je déteste les athlètes. Tout tourne toujours autour de vous et vous ne vous souciez jamais de ce que peuvent ressentir les autres. Je n'arrive pas à croire que je me suis encore fait avoir.

S'écartant de la voiture, Carter tend de nouveau la main vers la poignée.

— S'il te plaît, ne t'en va pas comme ça, dis-je d'une voix paniquée. J'allais te le dire.

— Quand ? Sur ton lit de mort ?

Je grimace.

— Je comptais le faire.

Carter me lance un regard noir – il ne m'a encore jamais regardé de la sorte – et me cloue sur place.

— Tu vois, je suis même surpris qu'on puisse te voir en train de me parler comme ça. T'as pas peur que quelqu'un prenne une photo et expose ton sale petit secret ?

Je recule, comme s'il m'avait frappé.

— Ce n'est pas juste.

— Et ce que tu m'as fait n'est pas juste non plus. Depuis que ce joueur de foot au lycée m'a brisé le cœur, je me suis dit que je ne me cacherais plus jamais pour qui que ce soit. Et c'est exactement ce que tu m'as fait faire, dit Carter en secouant la tête. Et le pire, c'est que je ne m'en rendais même pas compte. Mon Dieu, je suis tellement stupide.

— Je suis désolé…

J'essaie de trouver les bons mots, mais je n'y arrive pas.

— Désolé pour quoi exactement ? Pour tous les mensonges ? Pour m'avoir fait croire que c'était une vraie relation ? Pardon, Alex, mais je ne peux pas. Je ne peux pas être avec quelqu'un qui n'est pas honnête avec lui-même. Je ne peux pas…

— S'il te plaît, Carter. Il faut qu'on en parle.

Mais cette fois-ci, lorsque Carter referme la portière, je sais que je l'ai perdu. Il sort du parking sans se retourner.

Putain.

En l'espace de quelques minutes, j'ai perdu la seule personne qui comptait plus que tout.

J'ai envie de hurler de rage. Mais je ne peux m'en vouloir qu'à moi-même.

En essayant de ne jamais révéler qui je suis réellement au reste du monde, je laisse partir le seul homme avec qui j'étais moi-même.

Sans aucun espoir de le récupérer.

Tout ce que j'avais c'était le foot.

Et c'est tout ce que j'aurai.

Parce que j'ai laissé partir la meilleure chose qui me soit jamais arrivée.

Chapitre Vingt-Cinq

— Très bien, rendez-moi votre devoir.

Des grognements retentissent dans mes oreilles tandis que je me tiens à l'avant de la classe, attendant de ramasser les copies.

— Est-ce que c'est un sujet qu'on va revoir ? Parce que je ne comprends toujours pas les prédictions basées sur les données, demande Lucy en déposant son devoir dans la pile. Ça représente presque cinquante pour cent de notre projet sur le football, du coup je veux être sûre de comprendre.

Rien qu'à la mention du projet, mon cœur se met à battre la chamade dans ma poitrine.

— Bien sûr. On pourra le retravailler.

Ça fait deux semaines. Deux semaines horribles depuis que j'ai laissé Alex sur ce foutu parking. Le froid de décembre s'est installé, n'aidant en rien mon humeur. Ce stupide organe dans ma poitrine n'arrive pas à décider s'il doit être en colère ou triste.

Pour mon cerveau, c'est une autre histoire. Il est en colère.

Je n'arrive pas à croire à quel point j'ai été stupide. J'ai laissé tomber tous les murs que je m'étais construits pour être avec Alex. Il connaissait mon passé avec les footballeurs.

Et j'ai quand même réussi à le laisser me briser le cœur.

Putain de footballeurs.

Alors que la moitié de la classe a réussi à rendre son devoir, un autre groupe d'élèves regarde quelque chose sur un téléphone.

— Ben. Range ton téléphone.

Sauf qu'il ne m'entend pas. Les sacs et les copies sont installés alors que le cours commence.

— Ben. Ne m'oblige pas à me répéter. Range ton téléphone sinon il est à moi jusqu'à la fin de la journée.

— Putain, visiblement monsieur Brook a besoin de s'envoyer en l'air, marmonne-t-il, mais pas assez discrètement pour que je ne l'entende pas.

— OK. Contrôle surprise. Rangez vos livres.

Tout le monde gémit tandis que je dépose les copies sur mon bureau et que je me dirige vers le tableau pour y écrire quelques équations.

Je couvre leurs plaintes.

— Vous avez trente minutes, ensuite on fera le point sur l'état d'avancement du projet.

Je m'affale sur mon bureau et commence à corriger les devoirs. C'est un résumé de l'état d'avancement du projet de chacun. Et je déteste ça.

Je prends une grande inspiration. Parce que si je ne le fais pas, je vais finir par tout raturer au stylo rouge alors qu'ils ne le méritent pas.

Ces deux dernières semaines m'ont paru interminables. C'est impossible d'ignorer les Mountain Lions à Denver. Avec leur record de victoires, ils sont partout.

Je ne peux pas échapper à Alex.

Chaque fois que je vois son visage, je pense à ce que j'aurais fait à sa place.

Aurais-je menti à quelqu'un pour sortir avec lui ? Pourrais-je être aussi égoïste ?

Mais ensuite, je pense au fait de jouer en NFL et je me demande si c'était vraiment égoïste de sa part. Bien que je n'aie jamais reparlé à Ryan après qu'il m'a brisé le cœur au lycée, je n'imagine pas à quel point cela doit être difficile d'être gay et de jouer au football. C'est un vrai club de garçons. C'est en partie la raison pour laquelle j'ai détesté ce sport pendant toutes ces années.

Alors est-ce que je peux vraiment le blâmer ?

Sauf qu'il a menti.

Putain. Pourquoi c'est si difficile ?

Et puis il y a cette douleur omniprésente lorsque j'imagine Alex en train de faire une mauvaise blague parce que je suis pensif.

— Monsieur Brook, ça va ? demande doucement Lucy depuis sa place au premier rang.

— Pourquoi ?

J'ajuste mes lunettes tandis que d'autres élèves m'observent.

— Vous riez.

Je suis en train de perdre la tête. Je suis complètement en train de vriller.

Tout ça parce que je n'ai pas su respecter la règle que je m'étais fixée en évitant de tomber amoureux d'un joueur.

— Tu as été plus gentil à l'école aujourd'hui ? demande Marley en s'asseyant sur le tabouret de bar à côté de moi.

— Ce n'est pas parce que mes élèves ne sont pas attentifs que je suis méchant.

— OK, donc la réponse est non.

Elle attrape une carotte et la met dans sa bouche.

— Pourquoi t'es si désagréable ? ajoute-t-elle.

— Marley…

— Laisse ton frère tranquille. C'est évident qu'il a le cœur brisé, dit maman en entrant dans la cuisine.

L'odeur des pizzas l'accompagne. Elle dépose un baiser sur le haut de ma tête en avançant jusqu'à l'îlot central.

— Ça n'a pas marché avec l'homme mystérieux ? me demande Marley. Je croyais que tu étais fou amoureux de lui.

Je lâche un rire moqueur.

— Il s'est avéré qu'il mentait.

— Sur quoi ? demande maman.

Attrapant une part de pizza, je la fourre dans ma bouche.

— Sur le fait d'avoir fait son coming out.

— Tu peux éviter de parler la bouche pleine ? Je t'ai élevé mieux que ça, dit maman en levant les yeux au ciel et en nous tendant chacun une assiette.

J'avale ce que j'ai dans la bouche et bois une gorgée de ma bière.

— Il ne peut pas faire son coming out à cause de son travail.

— Rooh, pitié. De nos jours on peut, dit Marley d'un ton sec.

— Tu sais que ma sexualité est toujours interdite dans certaines parties du monde. Alors je comprends pourquoi il ne peut pas.

Ce n'était pas la discussion que je voulais avoir ce soir.

Maman nous a demandé de venir regarder le match,

car Denver joue à Washington ce soir. Mon refus a été rapidement ignoré et on m'a dit de venir après l'école.

— Alors au lieu d'en parler avec lui, tu as rompu avec lui ? demande maman.

— Argh. Je n'ai pas envie d'en discuter.

Je me comporte comme l'un de mes lycéens. Je le sais, mais ça ne veut pas dire que j'aimerais que l'attention soit tournée vers moi.

— Mais si tu comprends pourquoi il n'a pas fait son coming out, pourquoi tu as rompu avec lui ?

Je déteste à quel point ma mère est logique. Habituellement, c'est moi. Du moins, quand je n'ai pas le cœur brisé.

— Il m'a menti à ce sujet, d'accord ? C'est ça le problème.

— Ce n'est justement pas pour ça que tu as rompu avec ce gars au lycée ? Comment il s'appelait déjà ?

Maman claque des doigts, essayant de se rappeler.

— Ryan. Le joueur de foot. Comment t'as pu oublier ? Carter a dit qu'il ne sortirait plus jamais avec un joueur après ça. Je ne l'ai jamais vu avoir le cœur aussi brisé. Sauf…

Marley écarquille les yeux en me regardant.

— Oh, putain. C'est aussi un joueur de foot ? demande-t-elle d'une voix plus grave.

Je bois ma bière, essayant de refroidir cette chaleur qui s'empare de mon visage. J'ai toujours été un très mauvais menteur.

— C'est sûr que c'est un joueur de foot ! s'exclame Marley.

— Marley, tu veux bien laisser ton frère tranquille ? Il n'a pas besoin que tu empires la situation.

— D'accord.

Elle sort de la cuisine et j'entends le match dans l'autre pièce.

— La prochaine fois, je resterai chez moi, je marmonne.

— Qu'est-ce qui s'est passé ? demande maman, en s'asseyant à côté de moi.

— Marley vient de te le dire.

Je prends une autre part de pizza pour occuper mes mains.

— Mais qu'est-ce qui s'est vraiment passé ? Ta sœur, je l'aime de tout mon cœur hein, mais elle a tendance à exagérer les choses.

— Je suis tombé amoureux de lui et il a menti sur son coming out.

— Comment il a menti ?

— Il ne m'a pas dit qu'il n'avait pas fait son coming out.

— Il a dit qu'il avait fait son coming out ou tu as simplement supposé qu'il l'avait fait ? demande maman, en toute logique.

— Ben on sortait ensemble, comment tu veux que je pense le contraire ?

— Plein de gens sortent avec d'autres personnes sans assumer leur sexualité. Peut-être que c'est difficile pour lui, dit-elle avant de me regarder du coin de l'œil. Est-ce que ce qu'a dit ta sœur est vrai ? C'est un joueur de foot ?

— Oui.

Posant un coude sur le comptoir, j'appuie ma tête contre ma main et me tourne vers elle.

— Je comprends pourquoi il doit se cacher, mais pourquoi il ne me l'a pas dit ? Il connaît mon passé.

Maman prend ma main libre dans les siennes.

— Parfois, ce n'est pas si simple. Ce n'est pas facile de confier un secret pareil à quelqu'un.

— Il a essayé de me dire qu'il m'aimait pour me faire

rester. Si tu es sur le point de prononcer ces mots, tu devrais pouvoir faire confiance à quelqu'un.

— Tout comme toi tu as un passé, peut-être que lui aussi.

Soudain je comprends. J'étais trop absorbé par ma propre colère et mon chagrin pour m'en rendre compte.

— Oh, mon Dieu. Le *safety*[1] de Vegas.

— Qu'est-ce qu'il a fait ? demande maman en fronçant les sourcils.

— Quelqu'un d'une équipe de foot a été vu avec un homme et il a tweeté quelque chose de stupide à ce sujet. C'est un connard dans la vie de tous les jours, mais ça, c'était particulièrement méchant.

—Je déteste Twitter. C'est une vraie fosse septique, dit-elle en buvant une gorgée.

J'ai envie de me frapper la tête sur le comptoir.

— Il m'a dit qu'il avait été sur le point de me l'avouer, mais je ne l'ai pas cru. Je pensais qu'il disait ça pour que je ne parte pas.

Je commence à prendre du recul.

Alex était bizarre ce jour-là. Il ne voulait pas sortir – la raison est d'autant plus claire aujourd'hui – il était quand même sur les nerfs. Je le connaissais assez à ce moment-là pour savoir qu'il se passait quelque chose.

— Il était sur le point de me le dire lorsque la nouvelle est tombée concernant ce joueur de foot et tout ce que les analystes ont fait, c'était lire les réactions négatives à ce sujet. Putain.

J'enfonce les mains dans mes cheveux et les serre fort. Les larmes me montent aux yeux.

— Ce n'est pas parce que tu as trente ans que je vais te laisser dire des insultes.

— Pardon, maman.

— Qu'est-ce que tu vas faire ?

Maman commence à me frotter le dos. Cela a toujours eu le don de m'apaiser lorsque j'étais enfant et c'est encore le cas aujourd'hui. J'ai passé une bonne partie de mon enfance et de mon adolescence à me faire réconforter par ma mère. Souvent avec du lait et des cookies.

J'imagine que l'équivalent quand on est adulte, ce sont des pizzas et des bières.

— Le coup d'envoi du match est donné ! crie Marley depuis l'autre pièce.

— J'arrive dans une minute !

— Ça ne change rien au fait qu'il m'a menti. Et après ce que m'a fait Ryan, je me suis juré de ne plus jamais me cacher pour personne.

Et c'est bien là le cœur du problème. J'aime Alex. Vraiment. Mon Dieu, qu'est-ce que j'aime ce garçon sportif et musclé qui adore les boys band. Mais je ne sais pas si je pourrais être avec lui comme il le souhaiterait.

Évidemment, il fallait que je rencontre la personne idéale pour moi au mauvais moment.

Pourquoi l'amour est-il si difficile ?

Chapitre Vingt-Six

ALEX

— **P**ourquoi t'es de si mauvaise humeur aujourd'hui ? dit Knox en agitant une serviette dans ma direction.

— Mais non, ça va.

— Tout le monde sait que quand quelqu'un dit que « ça va », ça ne va pas vraiment, affirme Logan.

— C'est trop vous demander de vous taire ? On a un gros match aujourd'hui et j'essaie de me concentrer, dis-je en passant une main dans mes cheveux ébouriffés.

— Oh merde. T'es vraiment de mauvaise humeur, dit Colin dont le regard se porte sur les trois autres qui se pressent autour de mon casier.

La tension est à son comble dans le vestiaire. Tout le monde est excité pour le match d'aujourd'hui. Surtout que c'est contre Vegas. Ils nous affrontent, car nous sommes en tête de la division.

Mais la tension qui habite mes épaules est pour une raison très différente. Cela fait maintenant plusieurs semaines.

De longues semaines d'agonie, sans Carter.

Je n'ai eu personne comme lui dans ma vie auparavant. Et même ce bref aperçu était trop pour moi.

L'entraînement m'a pris le peu d'énergie que j'ai. Sans lui, c'est comme si je me déplaçais dans un marécage.

Et à chaque fois que je regarde le Coach, j'ai l'impression de voir Carter dans vingt ans et tout ce que j'aurai raté dans ma vie. Tout ça parce que je laisse la peur me gagner.

— Tant qu'il a la tête dans le match, on le laisse tranquille, dit Jackson en enfilant son maillot par-dessus ses protections. Alex sait ce que ce match signifie.

Putain.

Comme si j'avais besoin qu'on ajoute de la pression au poids qui pèse sur mes épaules.

Je sors le maillot numéro dix-huit de mon casier et je trace l'écusson du capitaine du doigt. Ces deux dernières semaines, je me suis senti tout sauf capitaine.

Je m'en prenais à tous ceux qui rataient une passe ou un blocage.

Putain, Knox a raison.

Sauf que je suis bien plus que de mauvaise humeur.

— Écoutez, tout le monde !

La voix du Coach résonne dans le vestiaire. Le logo des Mountain Lions sur le sol à ses pieds semble prêt à l'avaler tout entier.

— Ça va être un match difficile aujourd'hui. Les conditions ne sont vraiment pas idéales. Mais on a l'habitude de ce temps, ça n'a rien de nouveau. En plus, on a l'avantage de jouer à domicile. Donc, jouez comme d'habitude et le reste se fera tout seul.

J'entends à peine le discours de Knox lorsqu'il prend le relais avant que tout le monde ne quitte le vestiaire. Le bruit de la foule lorsque nous courons sur le terrain ne me paraît pas aussi fort que d'habitude.

C'est comme si tout était terne.

Mais pas la pluie glaciale. Elle est presque coupante, car elle traverse la chemise à manches longues qui se trouve sous meś protections.

L'hiver est arrivé tôt et mon souffle est facilement visible sous la lueur faible de cette fin d'après-midi. Les lumières du stade masquent la majeure partie de la foule alors que nous nous dirigeons vers le milieu du terrain pour le tirage au sort.

Hollins est là pour Vegas. Son sourire arrogant alors qu'il serre la main de Colin me donne envie de lui donner un coup de poing.

Salaud.

— J'espère que tu es prêt à perdre, dit-il en serrant très fort ma main.

— Les seuls perdants ici, c'est vous, coupe Colin avant que je ne puisse répondre.

— Messieurs. On ne voudrait pas devoir vous expulser avant le match.

Les arbitres nous observent. Le match n'a pas encore commencé qu'ils sont déjà assoiffés de sang.

Vegas remporte le tirage au sort et préfère prendre le ballon après la mi-temps.

— T'as la tête dans le match, Young ? me demande le Coach lorsque je récupère mon casque.

— Oui, monsieur.

Je ne croise pas son regard et préfère observer notre équipe spéciale ramener le ballon jusqu'à la ligne des quinze yards.

Ce n'est pas une très bonne position de départ dans ces conditions.

— Gutter Away Houston. Compris ?

Williams, notre coordinateur offensif, surgit à côté de moi.

J'acquiesce et je me précipite sur le terrain.

— On démarre fort, **OK** ? dis-je en observant chaque joueur de ligne et receveur.

— On va leur fermer leur bouche ! crie Colin en tapant sur les protections du joueur le plus proche de lui.

— Gutter Away Houston à trois. Partez !

Tout le monde se met en position tandis que je me place derrière mon centre. J'observe la défense sans m'arrêter sur un joueur en particulier pour ne pas trahir notre stratégie.

Le centre lance le ballon tandis que je recule, observant tout ce qui se passe devant moi. L'un des linebackers contourne notre plaqueur et je me précipite. En reculant de quelques pas, je trouve Colin et lui lance le ballon.

Le délai d'une fraction de seconde lui permet de parcourir seulement six yards avant de glisser hors des limites du terrain.

La météo ne va pas nous faire de cadeaux, car les deux jeux suivants ne nous font pas gagner de yards.

Three-and-out[1]. C'est la pire façon de commencer un match.

— Ça va être une longue journée pour toi, Quaterback. T'as pas fini d'en baver ! crie Hollins alors que les lignes s'intervertissent sur le terrain. Attends de voir.

Je lutte pour retourner jusqu'à la ligne de touche. Toute la tension en moi cherche à s'échapper. Qu'est-ce que je ne donnerais pas pour me défouler sur ce con. Mais je ne peux pas compromettre le match de mon équipe.

— Tu recules trop quand tu retournes dans la poche, Young.

Je viens à peine d'enlever mon casque que Williams est déjà devant moi.

— Peut-être que si nos tacles étaient plus efficaces…, je marmonne.

— T'as qu'à nous le dire en face, non ?

Kelly, notre centre, se place devant moi.

— Tu crois qu'on les laisse te foncer dessus par plaisir ?

— Ben là on est sur la ligne de touche et pas sur le terrain. Donc visiblement, il y en a qui ne font pas bien leur travail.

Il pointe son doigt vers moi.

— Et tu ne t'es pas dit que tu n'en faisais pas partie ? Occupe-toi de toi-même, Young. Tu n'es pas le seul sur le terrain.

Il me lance un regard noir en s'éloignant.

— Ça ne va pas t'aider d'énerver tes bloqueurs. Prends une grande inspiration et je vais réfléchir à de nouvelles tactiques pour notre prochain jeu offensif.

Le coordinateur offensif me tape sur l'épaule et s'en va.

Pour la première fois depuis longtemps, personne ne vient s'asseoir à côté de moi sur le banc. C'est comme si mon agressivité émanait de moi et tenait tout le monde à distance.

Mais les nerfs m'empêchent de rester tranquille.

Je fais les cent pas sur la ligne de touche pendant que notre défense tente d'empêcher l'attaque de Vegas de foncer sur le terrain. Au lieu de cela, ils nous écrasent, emportant facilement le ballon dans la zone d'en-but.

Putain. Vegas démarre fort et nos supporters expriment leur dégoût par des huées.

— OK, les gars. Il est temps qu'on se mette dans le bain. On va tenter un match nul.

Les gars me regardent d'un air sceptique, car visiblement, c'est à cause de moi que l'équipe bat de l'aile.

Mais ce n'est que le premier quart-temps. Nous pouvons récupérer ces points.

En se précipitant sur le terrain, la ligne de défense de Vegas nous arrête dès le premier jeu.

Merde. Ça va être plus difficile que ce que je pensais de les remettre dans le bon état d'esprit. Lorsqu'ils reviennent dans le caucus, ils ont tous le regard baissé.

— OK. On passe à autre chose. Charlie Blue Thirty en deux.

Tout le monde tape dans ses mains et se met en position pour la tactique de jeu. Il va falloir se battre pour gagner le moindre mètre dans ce match avec la pluie qui tombe.

Je passe facilement le ballon à Logan, mais pas avant que Hollins ne s'en prenne à moi. Il se redresse une fraction de seconde avant de me foncer dessus. Son rictus m'indique qu'il l'a fait exprès.

Je ferais mieux de laisser tomber et de retourner sur la ligne et lancer une attaque offensive pour prendre Vegas au dépourvu. Mais je suis trop à cran et j'ai un peu envie de lui rentrer dedans aujourd'hui.

— Joue correctement, Hollins ! je crie.

— Peut-être que si toi tu jouais correctement vous ne seriez pas en train de perdre. Sale pédale.

— Qu'est-ce que tu viens de dire ?

Je suis face à Hollins avant même de comprendre ce que je fais. Je vois tout en rouge.

— Tu m'as bien entendu. Peut-être que si t'étais pas une grosse pédale t'aurais moins de mal à rester debout.

— Mais c'est quoi ton problème ?

Kelly me rejoint immédiatement.

— Oooh. T'as besoin de ton petit ami pour te défendre ? Putain de tapette, dit Hollins avant de me cracher dessus.

Le peu de retenue dont je faisais preuve s'effondre et je pousse Hollins au sol.

J'entends des sifflements et les drapeaux sont brandis tandis que l'on essaye de m'écarter.

Toute la tristesse et la colère que j'avais refoulée s'échappent de mes poings. Mon casque tombe lorsque Hollins me donne un coup de poing.

— Tu peux faire mieux que ça, je le provoque.

Ses phalanges craquent contre ma mâchoire.

— Va te faire foutre, Young !

— Oh, et moi qui pensais que t'aimais être au-dessus, lui dis-je en lui faisant mon plus beau sourire.

— Lâche-moi putain, sale pédale !

Cette fois-ci, Hollins me pousse assez fort pour m'écarter et je tombe directement sur l'arbitre.

Il me relève pendant que Hollins titube vers la ligne de touche. La foule hue tout autour de moi.

« ...en conséquence, le numéro dix-huit de Denver et le numéro vingt-deux de Las Vegas ont tous deux été expulsés du match. »

Kelly hurle sur l'arbitre à propos de ce que Hollins a dit, mais je le repousse de notre côté du terrain.

— On a besoin de toi là-bas, mec. Ne te fais pas expulser aussi.

— T'as entendu ce qu'il t'a dit, non ? On ne peut pas laisser passer ça !

La colère qui obscurcissait mon esprit commence à se dissiper.

Putain.

Je viens de me faire exclure du jeu.

J'ai pourtant toujours été le plus calme sur le terrain. Je fais partie des capitaines de l'équipe.

Et à cause d'une pique de Hollins, j'ai mis en danger tout ce pour quoi j'ai travaillé toute ma vie.

Merde.

Le temps que je retourne sur la ligne de touche, le Coach m'attend, le regard dur.

— Tu m'attendras dans mon bureau lorsque le match sera terminé.

L'un des assistants de l'équipe me raccompagne jusqu'au vestiaire. J'enlève mes protections, qui s'écrasent bruyamment dans mon casier, faisant tout tomber au passage.

— Calme-toi, Young. N'empire pas les choses.

Ses mots sont durs. Mais je les ai mérités.

Je ne me souviens pas avoir déjà ressenti ça dans ma vie. Je pars à la douche, laissant l'eau effacer toutes mes pensées amères.

Sale pédale.

Putain de tapette.

Exclu du jeu.

Mon Dieu, si Carter me voyait… sauf qu'il n'en a pas envie. Et pourquoi voudrait-il me voir comme ça ?

Ce n'est pas moi. D'habitude je ne me fais pas exclure. Je ne combats pas les mots avec les poings.

Je ne sais pas qui était sur ce terrain, mais ce n'était certainement pas moi.

Éteignant l'eau, j'enroule une serviette autour de ma taille et retourne au vestiaire. Je m'habille rapidement et me dirige vers le bureau de l'entraîneur. Je ne veux pas être là quand l'équipe reviendra.

Leurs regards seront trop durs à supporter.

***

— De toutes mes années d'entraînement… – la voix du Coach me fait sursauter et je me redresse sur ma chaise – je n'ai jamais vu personne se comporter de la sorte sur le terrain. Donne-moi une bonne raison de ne pas te mettre sur le banc pour toute la saison.

Merde. C'est pire que ce que je pensais.

Je vais droit au but.

— Il m'a traité de pédale.

Son visage se durcit. C'est comme s'il venait soudain de vieillir de dix ans.

— C'est une sacrée accusation, Alex.

Je secoue la tête.

— Ce n'est pas une accusation, Coach. Il m'a traité de pédale et de tapette. Et je sais que j'aurais dû être plus malin, mais j'ai craqué. Hollins est un connard, Coach. Nous le savons tous.

— Connard ou pas, ça ne veut pas dire que tu peux te défouler sur les joueurs de cette ligue.

— Oui.

— Y a-t-il une raison particulière pour que tu prennes ces mots à cœur ?

Le Coach ne dit rien de plus. Il reste simplement assis là en me regardant d'un air interrogateur.

Ça m'agace. C'est comme s'il pouvait lire en moi.

Sait-il que je suis gay ?

Sait-il que j'ai brisé le cœur de son fils ?

En étant assis devant cet homme, toutes les raisons qui me poussent à garder mon secret – ma vérité – commencent à s'effriter.

Et si je lui disais ?

J'étudie l'homme que j'ai appris à connaître devant moi. Il m'a toujours bien guidé. Il ne faiblit jamais face aux obstacles insurmontables.

Alors, dis-lui.

Essuyant mes mains sur mon pantalon, la boule d'émotion en moi jaillit.

— Je suis gay.

— Je vois.

— Et j'ai le droit d'aimer qui je veux, ça ne devrait pas être un problème. Mais je ne suis pas naïf au point de croire qu'il n'y aura pas d'autres personnes comme Hollins au sein de la ligue qui n'accepteront pas qui je suis. Mais ça n'a pas d'importance, parce que ce qui s'est passé aujourd'-hui, c'est que Hollins est un connard et que son attitude ne devrait pas être tolérée.

— Mais ta réaction envers lui n'était pas appropriée non plus.

Je me lève, faisant les cent pas dans la petite pièce. Ce n'est que maintenant que j'entends les gars dans le vestiaire. Au lieu du ton endiablé d'une victoire, ils sont sombres.

— On a perdu, c'est ça ?

Il acquiesce.

— C'est difficile de remonter la pente quand on perd notre quaterback titulaire.

— Putain !

Je suis prêt à frappe le mur, mais le Coach contourne son bureau, m'attrape par les épaules et m'arrête.

— Fiston, je vais te donner un petit conseil.

Je prends une grande inspiration, attendant d'entendre ce qu'il a à me dire.

— Je vais te dire ce que j'ai dit à mon fils quand il a fait son coming out. La vie est dure, mais ça ne devrait pas être difficile de choisir la personne que tu aimes. Choisis la diffi-culté, Alex. Que tu préfères vivre dans ce secret que tu t'es construit ou que tu t'assumes aux yeux de tous, ce sera dur dans tous les cas. Mais tu ne crois pas que toute cette diffi-culté serait plus facile si tu étais heureux ?

Chaque émotion que j'ai refoulée ces deux dernières semaines – même depuis que j'ai décidé de ne pas faire mon coming out – surgit. Le barrage cède et je n'arrive pas à lutter contre les larmes qui coulent.

Le Coach m'attire dans ses bras pour me faire un câlin et je m'accroche désespérément à lui.

Il n'y a que quatre personnes qui connaissent ma sexualité. Mes parents, Tommy et Carter.

Maintenant il y en a cinq.

L'annoncer au Coach était différent. Carter le savait. Et mes parents et Tommy aussi. Ça n'avait pas été difficile de leur annoncer, puisqu'ils le savaient.

Mais pas le Coach. Il est la première personne à qui j'ai pris la décision de le dire.

Ce poids que j'ai toujours su porter s'envole de mes épaules. J'ai l'impression d'avoir perdu quarante-cinq kilos. Après l'avoir dit à une seule personne.

Imaginez ce que je ressentirais si je me dévoilais au monde entier.

— Ça va ?

Le Coach s'écarte.

Je prends une minute pour essuyer mes larmes et reprendre mon souffle.

— Je crois que oui.

— Bien. Il y a quelqu'un qui t'attend chez toi ?

Je rougis fortement.

— Plus maintenant.

Je n'ai certainement pas envie de dire au Coach que je couchais avec son fils. Même si ça n'a pas d'importance. Nous ne sommes pas ensemble.

— Je suis désolé de l'apprendre. Bon, rentre chez toi et ne parle à personne avant d'avoir eu de mes nouvelles. Je vais parler avec l'équipe et essayer de régler tout ça.

J'espère juste que ça ne se soldera pas par une expulsion définitive.

Chapitre Vingt-Sept

— **M**ais qu'est-ce qui ne va pas chez toi, putain ?

Je suis assis sur le canapé et lève les yeux vers lui, appliquant une poche de glace sur mon visage. Tommy ne s'arrête pas dans le salon et va directement dans la cuisine pour prendre une bière.

— C'était une vraie question que je te posais là.

Il fait sauter le couvercle et boit une gorgée.

— Parce que je n'ai jamais vu ce genre de comportement de ta part.

Les analystes sportifs ne parlent que de ça depuis le début de l'après-midi. Après avoir quitté le bureau de l'entraîneur avec la consigne stricte de ne décrocher le téléphone que s'il s'agit de lui ou de la direction de l'équipe, je suis rentré directement à la maison et j'ai posé mes fesses sur le canapé. J'espère ne voir personne avant une semaine et encore, ce ne serait pas assez long.

Et mon frère vient perturber cette tranquillité.

— Tu crois que je ne le sais pas ?

Je mets la télévision sur pause, pile quand mon visage

apparaît. Celui-ci est tout rouge tandis que Hollins me hurle dessus pendant qu'on m'escorte hors du terrain.

Ce n'est certainement pas l'un de mes meilleurs moments.

— Alors à quoi tu pensais en mettant ta carrière en péril comme ça ?

Tommy s'installe sur le canapé en face de moi.

— Il m'a traité de pédale.

Il s'étouffe avec sa bière.

— OK, c'est ce qu'on appelle aller droit au but. Putain, t'es sérieux, là ?

Je me contente de hocher la tête et de finir le reste de ma bière.

— Putain. Comment ça se fait que tu doives encore subir ce genre de conneries ?

Je secoue la tête. J'ai besoin d'évacuer l'excès d'adrénaline qui m'envahit encore. J'attrape une autre bière.

— Tu sais que c'est exactement la raison pour laquelle je n'ai pas fait mon coming out. À cause de gens comme lui.

Tommy se lève et retourne à la cuisine. Cela me rappelle les matinées passées ici avec Carter. Je me rappelle son regard et mon cœur se serre.

— Tu penses vraiment que tout le monde va réagir comme lui ?

Je passe une main sur mon visage, découvrant la barbe naissante qui le recouvre.

Je n'ai pas pris la peine de me raser ces dernières semaines. Il m'a fallu toute mon énergie pour sortir du lit et m'entraîner, alors pourquoi s'en préoccuper ?

— Ce n'est pas un risque que je suis prêt à prendre.

J'avale la moitié de ma bière en une seule gorgée.

— OK, te saouler ne va rien arranger.

Tommy m'arrache la bière des mains.

— Au point où j'en suis, ça ne peut pas faire de mal.

— Qu'est-ce que t'a dit ton coach à propos de tout ça ?

— Je suis censé rester tranquille et attendre d'avoir des nouvelles.

— Hors de question. Tu vas devenir fou si tu continues de regarder ça, dit-il en désignant la télévision. D'ailleurs, frérot, je ne t'ai jamais vu aussi en colère, ajoute-t-il avant de lever les mains en l'air face à mon regard noir.

— Tu sais, personne ne t'a invité.

Tommy s'esclaffe en me donnant une petite tape sur l'épaule.

— C'est là tout l'intérêt d'être ton grand frère. Je peux passer quand je veux.

— Je regrette que tu aies emménagé dans le coin.

— Oh non, tu adores que je sois là. Ne mens pas.

Même si j'ai très envie de l'embêter en lui disant qu'il est surtout ici pour le travail – une excuse bidon selon moi – en vérité, je suis content qu'il soit là.

Ces deux dernières semaines ont été un enfer, que j'ai moi-même créé. Le sommeil a été insaisissable. À chaque fois que je ferme les yeux, je revois l'immense déception dans les yeux de Carter. Et j'ai envie de disparaître sous terre.

— Sortons d'ici.

Tommy prend ses clés et me tire vers la porte.

— Tu penses vraiment que c'est une bonne idée ? Je n'ai pas spécialement envie que les gens me hurlent dessus ce soir.

Il agite la main comme si ce n'était rien de grave.

— Ne t'inquiète pas. J'ai trouvé un endroit où les gens n'en auront probablement rien à faire de toi.

— C'est vraiment un plaisir de t'avoir ici, frérot.

Il sourit comme un imbécile et franchit le seuil de la porte.

— Mec, tu tapes beaucoup trop fort. Tu vas tout casser.

— M'en fiche.

Je continue quand même de frapper. Toute mon agressivité est mise au service de ces petites taupes qui ne cessent d'apparaître. C'est le meilleur endroit pour le faire.

— OK, mais moi aussi j'aimerais bien jouer.

Tommy me pousse sur le côté lorsque le chronomètre s'éteint.

— Tu penses pouvoir battre mon score ?

— J'en ai bien l'intention.

Il sourit d'un air diabolique, mais j'y suis habitué depuis toutes ces années.

— Le perdant paie le prochain tour.

— J'espère que ça ne te dérange pas de payer alors.

Le jeu commence et les rires agaçants résonnent au milieu du vacarme.

Lorsque Tommy m'a suggéré cet endroit, j'étais sceptique. Je ne voulais pas sortir dans un lieu où les gens me remarqueraient. Mais avec un sweat à capuche et une casquette de base-ball, je me fonds dans la masse.

Des jeux d'arcade et des machines à sous tapissent tous les murs. Tous les jeux que j'aimais quand j'étais enfant sont ici, du jeu de la taupe à Pac-Man. Les machines crachent des tickets qui permettent d'aller réclamer des prix.

— C'est toi que je devrais faire payer. C'est toi qui gagnes un gros salaire de quaterback.

— Pour le moment, je souffle.

— Tu devrais vraiment t'envoyer en l'air. Ça t'aiderait à te détendre.

Je manque de m'étouffer avec ma bière.

— Quoi ? Je dis ça comme ça. Si tu te bats sur le terrain, c'est que t'es trop nerveux.

—Justement, c'est un peu ça le problème…

Tommy s'arrête et laisse retomber le maillet rembourré du jeu.

— Comment ça, c'est ça le problème ?

— Tu sais que tu vas devoir payer si tu perds.

—Je m'en fous. Comment ça c'est ça le problème ?

Il croise les bras et me lance son meilleur regard de grand frère. Quand nous étions petits, ça me terrorisait. Mais maintenant, c'est juste légèrement agaçant.

— *Celui* que j'ai mentionné quand tu as emménagé ici est vraiment devenu mon *petit ami*, mais maintenant…

— Putain, Alex, qu'est-ce que t'as fait ?

— Oh, j'ai seulement brisé le cœur du seul homme que j'ai jamais aimé. Et que j'aimerai. Et maintenant, je suis condamné à mourir seul.

— OK, pauvre de toi.

M'attrapant l'épaule, Tommy m'entraîne vers une table haute.

— Explique-moi. Tout de suite.

—Je suis tombé amoureux du fils du Coach.

— Attends, tu veux dire l'entraîneur de ton équipe ? Des Mountain Lions ?

Je lève les yeux au ciel.

— De quel autre coach tu veux que je parle ?

— OK. Bref. Comment vous vous êtes rencontrés ?

Je me remémore les événements des derniers mois, jusqu'à ce que Carter découvre que je n'ai jamais fait mon coming out.

—Je lui ai dit à lui aussi.

— Tu lui as dit quoi ? demande Tommy.

— Au Coach. Je lui ai dit que j'étais gay.

— T'es sérieux ?

Je lève la tête vers des yeux identiques aux miens et acquiesce.

— Alex. C'est énorme. Comment il l'a pris ?

— Aussi bien que j'aurais pu l'espérer.

Tommy réalise alors.

— Ce qui est logique puisque son propre fils est gay. Évidemment.

J'avale le reste de ma bière.

— Ça m'a fait du bien de le lui dire.

— Je ne dis pas que ça va être facile, mais tu as pensé à faire ton coming out ? Genre vraiment ? Je sais que tu ne penses qu'à ça, mais c'est peut-être un signe. Peut-être que le fait que Hollins soit un con c'est le signe qu'il faut que tu changes de vie.

— L'univers a une drôle de façon de faire les choses si Hollins est celui qui me fait sortir du placard.

— Il finira par avoir ce qu'il mérite, dit Tommy. Je n'arrive pas à croire qu'il t'ait dit ça.

— C'est un connard. Il méritait d'être frappé.

— Je sais que tu l'as frappé parce que tu as le cœur brisé, mais tu ne peux pas cogner les gens parce que ce sont des abrutis.

Je hausse les épaules, pose mon coude sur la table et laisse tomber ma tête dans ma main, repensant à ce fameux match.

— Ça craint, putain.

— Tu ne peux pas rester malheureux toute ta vie.

La frustration prend le dessus.

— OK. Mettons que je fasse mon coming out. Qu'est-ce qui va se passer quand d'autres personnes comme Hollins vont se mettre à m'insulter ? Je ne peux pas laisser passer ce genre de conneries. Ce n'est pas normal.

— Je ne dis pas que ça l'est. Mais si tu continues à perdre la tête comme tu l'as fait aujourd'hui, tu ne vas pas aller bien loin dans la vie, dit-il avant de me pointer du doigt. Sauf que si tu le faisais, tu te ferais expulser et plus aucune équipe ne voudrait de toi et là, tu pourrais faire ton coming out.

— Mon Dieu, t'es vraiment un salaud.

— C'est à force de te côtoyer ça.

Tommy me fait son plus beau rictus et cela contribue grandement à soulager la tension dans ma poitrine.

Mon téléphone vibre dans ma poche. Je le sors et découvre un message du Coach.

COACH BROOK

Rendez-vous dans mon bureau. Demain à sept heures. Ne sois pas en retard.

— Oh merde.

Je tends mon téléphone vers Tommy pour qu'il puisse lire.

— Je pense qu'il est temps pour toi d'assumer les conséquences de tes actes.

— Et s'il me vire ?

— Alors je serai là pour t'aider à trouver quoi faire ensuite.

Les frères. J'imagine qu'ils servent à quelque chose.

Chapitre Vingt-Huit

—**A**lex. Merci de me retrouver si tôt.

— Je n'avais pas vraiment le choix, Coach, dis-je avec un petit rire, essayant d'atténuer la nervosité qui menace d'exploser en moi. Vous me mettez sur le banc ?

Le Coach joint les mains devant lui. Quoi qu'il arrive, je saurai y faire face. Je respecte trop cet homme – en tant que coach et en tant que père de l'homme dont j'ai brisé le cœur – pour discuter. Je me suis mis tout seul dans cette situation et maintenant je dois assumer.

— Non. Mais la direction m'a demandé si tu serais prêt à donner une conférence pour expliquer que le genre d'insulte que Hollins a proférée ne devrait pas être autorisé au sein de la ligue.

— Attendez… quoi ?

— Je sais que tu n'as pas fait ton coming out et que je t'en demande beaucoup, mais j'espérais que tu puisses y réfléchir.

Je secoue la tête, ne comprenant toujours pas.

—Je ne suis pas sur le banc.

Le Coach me sourit.

— Non.

— Je ne suis pas suspendu quand même ?

Le Coach secoue la tête.

— Une fois de plus, non.

— Je n'ai même pas d'amende ?

— Si tu as vraiment envie que je t'en donne une, je suis sûr que je peux trouver quelque chose.

— Pardon, c'est juste que je m'attendais à ce que ça se passe différemment aujourd'hui.

Sauf que le regard que me lance le Coach ne calme pas vraiment mes nerfs.

C'est même l'effet inverse.

— Ce que Hollins t'a dit a été enregistré. On n'entend pas bien à cause du bruit du match, mais c'est là. Il a été suspendu pour quatre matchs sans solde. La ligue a peur que tu engages des poursuites contre eux.

Je me frotte le visage.

— Honnêtement, Coach, la seule chose qui m'importe c'est que j'ai déçu mon équipe.

— C'est pour ça que tu es un meilleur homme que la plupart d'entre nous, fiston.

— À part devoir parler à la ligue, je ne vais pas avoir d'ennuis ?

J'ai l'impression d'être un petit garçon de cinq ans qui implore de ne pas être puni.

— Non. Tu peux partir.

Il reporte son attention sur son bureau, mais je ne bouge pas. Car maintenant que la ligue a la preuve vidéo de ce qui s'est produit, ça me paraît soudain important de raconter ma version de l'histoire.

Tellement important que je lâche :

— Qu'est-ce qui se passerait si je faisais mon coming out ?

Le Coach se penche sur son fauteuil et croise les bras.

Le regard qu'il me lance me rappelle tellement Carter que cela me conforte dans ma décision.

— Même si je ne peux pas parler au nom de l'équipe – et je suis certain qu'ils te soutiendraient – tu as mon soutien indéfectible. Si tu as envie de faire ton coming out, je serai derrière toi. Si tu as besoin de quoi que ce soit, je serai là. On est une famille et on se serre toujours les coudes.

Ses mots me font monter les larmes aux yeux.

— Je suis amoureux de Carter.

Cette fois-ci, il me regarde d'un air choqué.

— Carter ? Tu veux dire Carter Brook ? Mon fils qui se morfond depuis plusieurs semaines ?

— J'ai bien peur que ce soit à cause de moi.

Il siffle.

— Alors ça, je ne peux pas dire que je l'ai vu venir, mais c'est tellement logique. Vous étiez tous les deux si heureux puis maintenant vous êtes tout tristes.

— Je dois dire que vous observez vos joueurs de près.

— Alex, si un jour tu as l'opportunité d'être entraîneur, tu réaliseras que cela implique aussi d'être thérapeute à temps partiel. Alors oui, je garde un œil sur mes joueurs, dit-il en se penchant en avant. Tu as envie de le faire ? Tu veux faire ton coming out ? Une fois que tu l'auras fait, tu ne pourras pas revenir en arrière.

Je souris, le premier vrai sourire que je ressens depuis des semaines. Depuis même des années. Car enfin, la pression retombe.

— Je choisis la difficulté, Coach.

Mon coup contre la porte semble résonner violemment dans le couloir. Comme si tout le monde dans les bureaux allait savoir exactement pourquoi je suis ici.

— C'est ouvert.

J'ouvre la porte et je suis accueilli par le visage souriant de Peyton. Ainsi que celui de Colin.

Merde.

Je m'étais préparé à parler avec elle. Pas avec lui.

Mais si je ne le fais pas maintenant, je vais me dégonfler. Je ferme la porte derrière moi et j'entre dans son petit bureau. Un drapeau des Mountain Lions est accroché sur le mur du fond, occupant le peu d'espace qu'il y a. Des photos de l'équipe, d'elle et de Colin tapissent son bureau.

— Salut, mec, dit Colin en hochant la tête vers moi tout en fourrant le reste d'un bagel dans sa bouche. Tu seras prêt pour l'entraînement tout à l'heure ?

Je croise les bras, essayant de calmer mes nerfs. Comme nous avons perdu hier, nous n'avons pas de jour de congé aujourd'hui. Nous allons devoir étudier les vidéos toute la journée pour nous préparer à la semaine prochaine.

Pas besoin d'être un génie pour savoir où on s'est plantés. La perte du quarterback titulaire a tendance à avoir un effet négatif sur l'équipe.

J'agite la main.

— Oui, ça va aller.

— T'avais besoin de quelque chose ? nous interrompt Peyton.

— Je me demandais si tu avais une minute pour discuter.

Elle me fait un sourire chaleureux. Celui-ci m'indique que je peux le faire.

Je sais qu'à ce moment précis, ma vie tout entière va changer. En fait, elle a changé dès l'instant où j'ai décidé de faire ça. J'espère que ce sera pour le mieux.

— Qu'est-ce qui se passe ?

Peyton pose les bras sur son bureau, se penchant vers moi.

— Ce n'est pas facile à dire, dis-je en me massant la nuque.

— Mec, ça va ?

Colin se penche en avant et son sourire a disparu.

— Est-ce qu'il s'est passé quelque chose pour que tu dérailles comme ça ?

— Non, ça va.

— Alors pourquoi on dirait que tu viens d'apprendre une terrible nouvelle ?

— Tu veux bien le laisser parler, le réprimande Peyton.

— Je suis gay, je lâche.

Tant pis pour le tact.

Le visage de Peyton s'adoucit tandis que Colin reste bouche bée.

— T'es quoi ?

Colin secoue la tête, mais je garde les yeux rivés sur Peyton.

— Y a-t-il une raison pour que tu viennes me parler de ça maintenant ?

Son ton calme ralentit mon pouls.

— Parce que j'en ai assez de me cacher.

— C'est tout ?

Colin nous observe tous les deux.

C'est étrange à quel point Peyton est calme. Ce n'est pas la même réaction que lorsque je l'ai annoncé à ma famille. C'est presque comme si…

— Tu savais ?

Peyton se lève et contourne son bureau.

— Je m'en doutais.

— Attends, tu savais ?

Colin paraît abasourdi et se met à côté de Peyton.

— Pourquoi tu ne me l'as pas dit ? ajoute-t-il.

— Parce que ce n'était pas à moi de le faire, dit-elle avant de reporter son attention sur moi. Alors, c'est quoi la vraie raison ?

Je me frotte le visage en m'adossant au mur pour me soutenir. Le visage de Carter lorsqu'il m'a laissé dans le parking me vient en tête. Je revois la désolation dans son regard lorsqu'il a compris que je n'avais pas fait mon coming out.

— J'ai brisé le cœur de quelqu'un parce que je n'ai pas fait mon coming out. Et en retour, ça m'a aussi brisé le cœur.

Peyton enroule une main autour de mon biceps.

— Tu sais, tu ne devrais pas faire ton coming out pour quelqu'un d'autre.

Je ravale l'émotion qui menace de me submerger.

— Je sais. Je ne fais pas ça pour lui. Enfin, pas tout à fait pour lui. Disons que j'ai mal réagi à quelque chose que Hollins a dit.

— Hollins est un con. Tu n'aurais pas dû réagir, interrompt Colin.

J'acquiesce.

— Je sais. Mais s'il n'avait pas dit ça, je n'aurais pas avoué mon homosexualité au Coach. Dès l'instant où je lui ai dit, je me suis senti plus léger. Et quand j'en ai parlé à mon frère, l'idée de le dire à d'autres gens, bien que terrifiante, me semble également être la bonne chose à faire.

— Comment ai-je pu ne pas m'en rendre compte ? marmonne Colin.

Peyton l'ignore et me prend dans ses bras pour me faire un câlin.

— Au cas où personne ne te l'aurait dit, je te trouve très courageux. Et tu peux aussi inspirer beaucoup de gens.

— Quoi, c'est tout ?

La voix de Colin me fait m'écarter.

— Alex dit qu'il est gay et on passe à autre chose ?

La réaction de Colin est exactement ce que je craignais.

— Tu n'es pas obligé de m'accepter tel que je suis…

— Qui a dit que je ne t'acceptais pas ? dit Colin en levant la main pour m'interrompre.

— Toi. D'après ta réaction à l'instant.

Cette fois-ci, il paraît vexé.

— T'es con. Je me fiche que tu sois gay. Honnêtement, je suis surtout contrarié que tu aies eu l'impression de devoir nous le cacher. Tu croyais qu'on ne te soutiendrait pas ?

Depuis que Carter m'a quitté, la honte me colle à la peau.

— Tu as vu comment Hollins a réagi quand Mahoney Holmes a fait son coming out ? Après il s'en est pris à moi toute la saison. Et ensuite, tu as vu comment il s'est comporté dimanche ? C'est difficile de demander aux gens d'aller au front pour moi.

Colin souffle.

— Hollins est un connard. Si le père Noël lui promettait tous les jouets du monde, il ne saurait même pas être une bonne personne.

Je ris. C'est la première fois depuis des jours, et j'ai l'impression que mes muscles se relâchent enfin.

— Mais c'est en partie pour ça. La ligue, c'est un vrai monde de garçons. Les gens n'aiment pas ceux qui sont différents.

Colin secoue la tête.

— Tu as raison. Et si jamais je t'ai donné l'impression que tu ne pouvais pas m'avouer ton homosexualité, j'en suis désolé.

Je secoue désormais la tête.

— Non. Crois-moi, j'ai voulu vous le dire une centaine de fois. Mais j'avais peur.

Je baisse la tête. Les larmes me montent aux yeux. Ces dernières semaines ont été les plus dures de ma vie. Mais une fois que j'ai pris la décision de faire mon coming out, j'ai décidé d'y aller à fond. Parce que si je recule maintenant, quand le ferais-je ?

Et je suis prêt.

— Tu veux que je sois là quand tu le diras aux gars ? me demande Colin.

— Je n'y ai pas encore réfléchi.

Colin m'attrape par les épaules et attire mon attention.

— Écoute, Alex. Tu es comme un frère pour moi. Je ne sais pas comment j'aurais pu surmonter ces dernières années sans toi. Si tu as besoin de quoi que ce soit, je serai là.

Je lâche un remerciement étouffé avant de l'attirer dans mes bras pour lui faire un câlin. Je sais que tout le monde ne va pas avoir ce genre de réaction. Les choses vont d'abord s'empirer avant de s'améliorer si l'on en croit les nouvelles concernant Mahoney.

Mais le fait que Colin m'accepte comme je suis, c'est trop pour moi et les larmes commencent à couler sur mes joues.

— J'aurais dû m'en douter, dis-je à Colin en essuyant mes larmes avant de m'écarter.

— Je serai toujours là pour toi. Et si quelqu'un a quelque chose à dire sur le fait que tu sois gay, alors il n'a qu'à venir me parler.

— OK, je n'ai pas besoin que tu te prennes encore un coup sur la tête, renchérit Peyton. Comment tu veux t'y prendre Alex ?

Le ton de Peyton est très professionnel, mais ses yeux

humides m'indiquent qu'elle est tout aussi touchée par la réaction de Colin. C'était tout ce que j'avais espéré.

— Hmm, je crois que je n'y ai pas encore réfléchi.

Peyton lève les yeux au ciel.

— Ah, ça ne présage rien de bon quand elle fait ça, me chuchote Colin, son bras toujours autour de mes épaules.

— Elle ne l'a encore jamais fait avec moi. Comment je reviens en arrière ?

— Je sais comment moi je fais, mais ça ne fonctionnera pas pour toi, plaisante Colin.

J'éclate de rire.

— Vous êtes au courant que je vous entends tous les deux ? dit Peyton en haussant les sourcils.

— Pardon, Rocky. Vas-y.

Peyton fixe Colin du regard avant de se tourner vers moi.

— Je connais un bon journaliste. Qu'est-ce que tu dirais d'une interview ? Ce sera un peu plus que si l'équipe publie un communiqué sans pour autant te mettre sous le feu des projecteurs avec une interview à la télévision en direct.

— Tu penses que c'est une bonne idée ?

Elle acquiesce.

— Comme ça, c'est toi qui prends en main la narration. Tu pourras dire ta vérité et faire comme tu le souhaites.

— Après dimanche, je n'ai plus envie de voir ma tête à la télévision.

Peyton secoue la tête.

— Oh, ils montreront ton visage, mais ce sera selon tes conditions. J'ai un gars en tête qui serait parfait pour ça.

— Je ne peux pas juste m'asseoir et te parler à toi ? dis-je en riant.

L'idée de raconter mon histoire à un journaliste anonyme me met de nouveau les nerfs en pelote.

— Ce sera une interview rapide si c'est moi. Crois-moi, ce gars racontera ton histoire exactement comme il se doit.

Je souffle.

— Si tu penses que c'est le mieux, faisons ça.

Peyton s'avance et passe un bras autour de ma taille. Nous effectuons un câlin groupé au milieu de son bureau.

— C'est normal d'avoir peur, Alex. Mais on sera à tes côtés tout le long.

Je dépose un baiser sur le haut de sa tête.

— Merci. Et merci d'être si cool à ce sujet.

— Pfff. Cool est mon deuxième prénom, plaisante Colin.

— T'es vraiment obligée de supporter ça tout le temps ? je demande à Peyton.

— Hé, il en vaut la peine.

Peyton enroule un bras autour de Colin et l'attire plus près.

Colin me tapote le dos.

— Non, plus sérieusement. Si tu as besoin de quoi que ce soit, on est tous les deux là pour toi. Et qui sait, peut-être que tu récupèreras ton homme.

Si seulement.

Chapitre Vingt-Neuf

— T'es prêt ? demande Colin.

— Arrête de me poser la question. Ça va.

Je serre les dents.

Lorsque j'ai demandé à Peyton de s'occuper de tout ça, je ne pensais pas qu'elle s'en chargerait en quelques jours.

Mais je ne peux pas nier que ça m'a aidé à améliorer mon état d'esprit. Peut-être ça et le fait d'avoir gagné le match dimanche.

— T'as pas l'air bien, dit Tommy.

— Mais pourquoi je vous ai fait venir ? Vous me rendez encore plus nerveux.

— On est censés te mettre à l'aise. Tu vas quand même tout mettre en jeu.

Tommy reste stoïque. Lorsque je lui ai annoncé la décision que j'avais prise, il était de nouveau là pour me soutenir, une fois de plus. Tout le monde m'a dit que ce n'était pas grave si je ne faisais pas mon coming out, qu'ils ne voulaient pas me mettre la pression de quelque manière que ce soit. Sauf qu'il est temps.

Je suis prêt.

— Tu as déjà rencontré le journaliste ? me demande Colin à côté de moi.

Il me suit dans les couloirs du bâtiment d'entraînement. Peyton m'a dit que ce serait plus discret, mais que je serais aussi en terrain connu. Entrer et voir l'emblème des Mountain Lions me rassure.

Du moins, autant que possible puisque je suis sur le point d'annoncer au monde entier que je suis gay.

Je secoue la tête.

— Et toi ?

— Non, mais je n'ai pas beaucoup vu Peyton cette semaine.

— Désolé si tout ça l'a beaucoup occupée.

Colin me donne une tape dans le dos alors que nous entrons sur le terrain d'entraînement.

— Non, c'est pas grave. Je n'ai pas envie que tu battes en retraite maintenant que tu es sur le point de le faire.

— Donc ça ne sert à rien que je te demande de conduire la voiture qui me permettra de m'enfuir ? dis-je en riant.

— Personne ne va s'enfuir, dit Peyton en se plaçant entre nous deux.

Des gens s'affairent pour tout mettre en place.

— Crois-moi, tu vas aimer Finn, me dit-elle.

Je souffle un coup.

— Alors ce sera le premier journaliste que j'aimerais.

Depuis que j'ai commencé à jouer à l'université, j'ai toujours caché qui j'étais, et il m'est difficile de m'ouvrir à qui que ce soit. Et si je regardais un garçon avec un peu trop d'insistance et qu'on me démasquait ? Ces gens pouvaient me porter ou me faire tomber, c'est pourquoi je m'en suis toujours méfié.

— Ne t'inquiète pas, moi non plus au début je ne l'aimais pas.

Je tourne les talons, observant les deux hommes qui se tiennent de l'autre côté de la table. Ils sont tous les deux grands. L'un a les cheveux bruns et tombants, l'autre paraît plus élégant avec ses cheveux blonds et ses lunettes.

Les lunettes me rappellent Carter et cette douleur omniprésente dans ma poitrine qui me rappelle que je lui ai brisé le cœur.

— Je suis désolé, mais qui êtes-vous ? je demande en observant les deux hommes.

— Wes Cooper. Je suis le mari de ce gars.

Il désigne le blond à côté de lui du pouce.

— Excusez-le. Parfois il n'a vraiment aucun filtre. Je suis Finn Anderson. C'est moi qui vais vous interviewer aujourd'hui.

Je serre la main qu'il me tend.

— Ravi de vous rencontrer.

— Ne t'inquiète pas si tu n'aimes pas les journalistes. Finn fera du bon travail avec toi.

Wes enroule les bras autour de Finn et l'affection qu'ils se portent calme mes nerfs.

— Je suis désolé d'avoir dit ça. C'est juste que…

Je n'arrive pas à trouver les bons mots pour décrire mon état d'esprit actuel.

— C'est un peu bouleversant ? dit Wes, terminant ma phrase pour moi.

Je le pointe du doigt.

— Oui, exactement.

— Peyton m'a proposé de venir parce que moi aussi j'avais peur que quelqu'un raconte mon histoire et j'étais méfiant.

Je croise le regard de Peyton et elle me fait un sourire appuyé. Je suis content d'avoir quelqu'un comme elle à mes côtés. Je ne pense pas que je pourrais faire tout ça sans elle.

— C'était difficile ?

Wes hausse les épaules.

— Moi c'était différent. Je m'étais blessé et je n'étais pas obligé de m'exposer comme toi.

— Raconte simplement ton histoire. N'essaie pas d'être quelqu'un que tu n'es pas, ajoute Finn.

— Toi aussi tu as dû faire ton coming out comme ça ? je demande à Wes.

Il secoue la tête.

— Non. Mais je suis plongeur professionnel et comme je pratique un sport qui n'est reconnu que de temps en temps, ce n'était pas si grave. On a toujours su que j'étais homosexuel.

Passant la main sur mon visage je me retourne vers le Mountain Lion qui me renvoie mon regard.

C'est tout simple, mais cela a été mon foyer durant toute ma carrière professionnelle. Et j'ai peur qu'avec cet article, je perde tout.

Et si plus personne n'a envie d'être dans le vestiaire en même temps que moi ?

Et si Denver me laisse tomber parce que je suis un trop gros handicap ?

Et si aucune autre équipe ne veut de moi ?

Et si.

Et si.

Et si.

C'est le même scénario qui se rejoue dans ma tête à l'infini et c'est difficile de rompre le cycle.

Le Coach et l'équipe m'ont apporté leur soutien, mais ça ne me facilite pas la tâche. Car je ne sais pas ce que pourrait être le retour de bâton.

— Finn. C'est quand tu veux, dit l'un des assistants.

— Mets-en leur plein la vue, dit Wes avant de lui

donner une tape sur les fesses tandis que Finn hoche la tête en direction de son assistant.

Finn lève les yeux au ciel, mais son sourire le trahit.

— Je suis vraiment désolé pour lui. Parfois il oublie qu'on n'est plus dans le vestiaire.

— Hé ! Je t'entends.

— C'est quand tu veux, Alex. Prends tout le temps dont tu as besoin, dit Finn en me donnant une petite tape sur l'épaule tandis qu'il se dirige vers les chaises.

— Tu es prêt ? me demande Peyton en ajustant ma cravate.

Colin et Tommy se tiennent derrière elle et me lancent des regards encourageants.

— Est-ce que je fais le bon choix ? Et si tout ça m'explose en plein visage ?

— Je peux répondre à ta question ? intervint Wes.

J'acquiesce.

— Tu fais le bon choix. Je sais que là, ça te fait peur, mais pense à toutes les personnes que tu peux inspirer. Pense aux gamins qui ont du mal avec leur sexualité et qui se disent qu'il n'y a pas de footballeurs gays. Tu peux ouvrir la voie à l'inclusion dans le sport. Et plus il y aura de gens qui feront leur coming out, mieux ce sera.

Les paroles de Wes m'offrent la confiance dont j'ai besoin pour aller raconter mon histoire à Finn. Et je découvre que c'est bien plus facile à faire que ce que j'avais imaginé.

Maintenant, j'espère que les conséquences ne seront pas ce que je crains.

Je suis complètement épuisé. Finn n'a pas hésité à me poser des questions difficiles. Il m'a mis à nu et je suis à vif.

Tout ce que je veux, c'est boire un verre et dormir pendant une semaine.

Mais lorsque j'entre dans le vestiaire, je retrouve presque toute l'équipe. Knox, Jackson et Colin se tiennent tous sur le côté, les bras croisés, comme s'ils attendaient de me faire la peau.

— Qu'est-ce que vous faites là ? L'entraînement s'est terminé il y a une heure.

— On voulait être là pour te soutenir.

— Me soutenir ? je demande bêtement.

— On a appris ce que tu faisais.

Évidemment. Les ragots et les nouvelles vont bon train dans les vestiaires. Ça ne devrait pas me surprendre.

— Et vous êtes encore là ?

La présence de la ligne offensive occupe une bonne partie du vestiaire. Cinq gars de cent-trente kilos, ça prend de la place dans une pièce. Ça me donne envie de courir dans l'autre sens pour me cacher. Ils sont déjà intimidants dans la vie de tous les jours alors encore plus quand j'ai les nerfs à vif.

— Où tu veux qu'on soit ? ajoute l'un des gars.

— C'est mes fesses qui t'impressionnent, c'est ça ? C'est vrai qu'elles sont pas mal, dit Kelly, notre centre en montrant lesdites fesses à tout le monde.

— Ça ferait peur à n'importe qui ! crie Williams.

— Vous vous en fichez que je sois gay ? je lâche.

Williams s'approche et m'attrape par les épaules.

— La seule chose qui nous importe, c'est que tu nous as menti. Pourquoi tu ne nous as rien dit ?

— Tu as vu comment Hollins a réagi lorsque ce joueur de foot a fait son coming out. Je pensais que ce serait la réaction de tout le monde.

— Hollins est un con, dit Knox tandis que tout le monde secoue la tête avec approbation.

— Tu n'es pas capitaine de cette équipe pour rien, acquiesce Logan. Tu es l'un de nos meilleurs hommes, alors pourquoi est-ce qu'on ne te soutiendrait pas ?

Leurs mots d'encouragement me serrent la gorge avec émotion. J'essaie de ravaler cette boule, mais sans succès.

— On te soutient. Quoi qu'il arrive, on est là pour toi, dit Jackson.

Tout le monde converge vers moi et me serre dans ses bras. Je ne peux plus lutter contre les larmes. Toutes ces émotions se déversent sur mes joues. On pourrait penser qu'avec le nombre de fois où cela m'est arrivé cette semaine je serais épuisé. Mais ce n'est pas le cas.

— Merci, les gars, dis-je d'une voix étranglée en tapant tout le monde dans le dos tandis qu'ils se dispersent.

Sauf pour les quatre gars qui me font signe de les suivre dehors.

Il fait froid. L'obscurité s'est installée sur le terrain. Seules les quelques lumières du bâtiment nous éclairent. De la vapeur s'échappe de nos bouches.

— Alors, il s'est passé un truc important aujourd'hui ? demande Knox.

— T'es con, dis-je en riant en acceptant le verre de bourbon qu'il me tend.

— Je t'aurais bien renvoyé l'insulte, mais t'as l'air épuisé.

— La journée a été longue. Et même les semaines, dis-je en soupirant avant d'avaler tout mon verre d'un trait.

— Tu te sens mieux ? me demande Jackson.

— On verra. Je suis toujours inquiet des répercussions que ça pourra avoir sur l'équipe.

Colin passe un bras autour de mes épaules et m'attire contre lui.

— On te soutient tous. S'ils ont envie de s'en prendre à toi, ils devront aussi s'en prendre à nous.

— D'ailleurs, Peyton m'a demandé de te rappeler une chose : ne te prends pas de coups sur la tête.

Je me mets à rire en observant ce groupe de gars. Ces hommes sont devenus comme une seconde famille pour moi.

— Je ne sais vraiment pas quoi dire.

— Je sais qu'habituellement c'est plutôt ton truc de porter un toast, mais je peux dire quelque chose ? dit Colin avant de se racler la gorge.

— Vas-y.

— Attendez, il faut qu'il boive plus !

Logan l'interrompt en versant un peu plus de liquide brun dans mon verre.

— Je vais en avoir besoin ? je lui demande en le regardant d'un air méfiant.

— Tais-toi et laisse-moi parler, dit Colin en me jetant un regard noir.

Levant la main en l'air comme pour me rendre, je le laisse parler.

— Ce que tu as fait aujourd'hui est probablement l'une des choses les plus courageuses dont j'ai été témoin. Je ne sais pas ce que c'est que d'être à ta place, mais ça n'a pas dû être facile. Je parle au nom de tout le monde ici et dans ce vestiaire : tu es l'un des meilleurs hommes que nous connaissions.

Je ravale l'émotion désormais omniprésente et qui ne semble pas vouloir partir.

— S'il doit se passer quelque chose, il se passera quelque chose. Mais nous te soutenons. Sur le terrain et en dehors. On t'aime, mec. À Alex !

— À Alex ! répètent-ils.

Je bois mon verre savourant la brûlure qu'il provoque.

— Je ne sais vraiment pas quoi dire. Je ne sais pas si je serais encore debout sans vous et l'équipe. Merci.

— Pas besoin de nous remercier, mec. On est là pour toi et ça ne changera jamais.

Jackson penche la tête vers moi.

— Je me dois de poser la question, mais… est-ce que tu as quelqu'un dans ta vie ? me demande Colin en haussant les sourcils.

Terminant mon verre, je le tends, car j'en veux encore.

— Vous avez du temps devant vous ?

Chapitre Trente

— **O**h putain. T'as vu ça ?

Les lycéens ne sont jamais aussi discrets qu'ils le pensent.

— Ben, tu n'es pas censé sortir ton téléphone.

Je vous jure que ce gamin a envie que je le lui confisque. Je pourrais déjà partir à la retraite si j'avais gagné un dollar à chaque fois que je lui avais pris son portable cette année.

— Désolé, monsieur Brook, mais vous avez vu ?

Reposant mon stylo rouge sur le bureau, j'abandonne la pile de copies que je dois corriger.

— Vu quoi ?

— Cet article sur Alex Young. Vous saviez ?

— Saviez quoi ?

— Qu'il est gay.

— Quoi ? je m'exclame sans pouvoir cacher ma surprise. Donne-moi ton téléphone.

— Je vais avoir des ennuis ? demande-t-il en serrant le portable contre son torse.

— Laisse-moi voir l'article.

Ben me tend son téléphone. Une page de *Sports News Weekly* est ouverte. Et là, en grosses lettres, je lis : « Je suis gay. »

Putain de merde.

De nos jours, le coming out des hommes et des femmes est de moins en moins digne d'intérêt. Peut-être est-ce car nous évoluons vers une société plus inclusive, mais de nombreuses personnes n'ont même pas besoin de faire leur coming out. Cependant, ce n'est pas évident lorsque l'on est sous le feu des projecteurs et que tout le monde a une opinion. Des opinions que vous n'avez ni souhaitées ni demandées.
Lorsque l'une des plus grandes stars du football décide de faire son coming out, forcément, cela fait les gros titres. Alex Young, quarterback des Denver Mountain Lions, a pris la décision d'assumer son homosexualité.
Il a raconté son histoire en exclusivité à Sports News Weekly.

Finn Anderson : Pourquoi avoir choisi de faire votre coming out maintenant ?
Alex Young : J'en avais assez de me cacher. Au fur et à mesure que mes amis se mettaient en couple, je me suis rendu compte qu'il me manquait quelque chose dans ma vie. En voyant d'autres couples gays dans l'espace public, qui se tenaient la main et étaient amoureux, j'ai réalisé à quel point je m'isolais.

FA : Et comment vous êtes-vous isolé exactement ?
AY : Je n'ai jamais eu de partenaire sur le long terme. Avant cette saison, je ne me suis jamais autorisé à tomber amoureux. Personne ne me connaissait vraiment. Il y avait peu d'endroits où je pouvais me rendre sans que l'on me reconnaisse. C'était plus sûr de rester chez moi, dans la bulle que je m'étais créée.

FA : Le fait de ne pas sortir du placard a-t-il affecté votre façon de jouer ?

AY : Au contraire, c'est ce qui m'a aidé à jouer. Comme je n'avais pas de partenaire, je me concentrais uniquement sur le football. C'était une vie solitaire, mais j'ai étudié plus de vidéos de matchs et j'étais mieux préparé que je ne l'aurais été autrement. Faire mon coming out ne va pas affecter ma façon de jouer — il y a plein d'autres joueurs qui ne sont pas affectés par leurs relations, donc il n'y a pas de raison que ce soit différent pour moi.

FA : Comment pensez-vous que les autres membres de la ligue vont prendre cette annonce ?

AY : Je ne suis pas assez naïf pour penser qu'il n'y aura pas de répercussions négatives, mais je le fais quand même. Certaines personnes ont exprimé leur désapprobation quand d'autres stars du sport ont fait leur coming out, alors je sais que cela arrivera. Le football c'est un monde de garçons assez fermé, et ça va être difficile de le changer. J'espère juste qu'en assumant mon homosexualité, d'autres personnes auront le courage de le faire aussi.

FA : Pensez-vous qu'il existe d'autres joueurs de football homosexuels ?

AY : Je serais surpris du contraire.

FA : On a beaucoup parlé des événements récents et du fait que vous avez été expulsé du match contre le Vegas Storm pour avoir déclenché une bagarre avec Derek Hollins. Il a été suspendu, mais pas vous. Pouvez-vous nous éclairer à ce sujet ?

AY : Certaines paroles ont été prononcées, et j'aurais dû ne pas réagir. Les jeunes me considèrent comme un modèle et je n'étais pas dans mon assiette ce jour-là. Mais ces mots-là, personne ne devrait avoir à les entendre. Cela peut avoir des effets très négatifs sur les jeunes joueurs et compliquer l'intégration dans le monde du sport.

FA : Une autre star du sport, Mahoney Holmes, milieu de terrain de l'Atlanta Rising Football Club, a récemment fait son coming out. Avez-vous eu l'occasion de parler avec lui ?

AY : Non. Je le soutiens à 100%. De mon côté, j'ai la chance de pouvoir faire mon coming out comme je le souhaite. Je n'imagine pas ce que cela doit être lorsqu'on vous enlève ce choix. Je lui souhaite le meilleur, d'autant plus que son équipe est en finale.

FA : En parlant d'équipe, comment la vôtre a-t-elle réagi à votre annonce ?

AY : Je ne leur ai pas encore dit. Je l'ai dit à quelques membres du personnel des Mountain Lions et à l'un de mes co-capitaines, qui est comme un frère pour moi. Ils l'ont tous bien pris. C'est ce que je pouvais espérer de mieux, alors j'espère que le reste de l'équipe le prendra aussi bien.

FA : Et si ce n'est pas le cas ?

AY : Alors je devrai réfléchir à comment jouer ce sport que j'aime tant avec des gens qui ne me soutiennent pas. C'est un jeu d'équipe et si l'on ne peut pas faire confiance à ses coéquipiers, cela risque d'être difficile. Je ne pense pas être remplacé, mais c'est une possibilité.

FA : Est-ce que vous envisagez de prendre votre retraite ?

AY : Ce n'est pas ce que je veux, mais si je suis évincé et que personne ne vient me chercher, peut-être. J'ai encore quelques bonnes années devant moi. J'ai toujours envie de gagner un Super Bowl.

FA : Et maintenant, la question que tout le monde se pose : y a-t-il quelqu'un dans votre vie ?

AY : Avant oui, mais plus maintenant. Je vivais quelque chose de très beau mais comme j'avais peur de dévoiler qui j'étais au reste du monde, je l'ai perdu.

FA : Si vous pouviez lui dire quelque chose, là, tout de suite, ce serait quoi ?

AY : Que même si nous ne sommes plus ensemble, j'espère qu'il est fier de moi.

FA : Quel conseil donneriez-vous aux jeunes joueurs qui ressentent peut-être la même chose que vous ?

AY : Je leur dirais que même si c'est p·······n d'effrayant, j'espère qu'ils ont des personnes dans leur vie qui peuvent les soutenir. Plus nous serons nombreux à sortir du placard et être des joueurs qui assument leur homosexualité, mieux le monde du sport s'en portera.

FA : On va peut-être devoir censurer une partie.

AY : Désolé. J'espère être un allié pour tous ceux qui en auraient besoin. Parce que j'adore ce sport et j'aimerais qu'il accepte les gens comme moi.

Putain de merde.

— Euh, monsieur Brook. Je peux récupérer mon téléphone ?

— Quoi ?

Je baisse les yeux vers le téléphone que je serre très fort dans ma main.

— Oh pardon. Range-le.

Il le fourre dans sa poche alors que la dernière sonnerie de la journée retentit.

— N'oubliez pas de réviser votre contrôle pour demain ! je crie tandis qu'ils s'en vont.

Dès la seconde où le dernier élève quitte la classe, je ferme la porte et sors mon propre téléphone.

Alex a fait son coming out. Je n'arrête pas de relire ces dernières lignes.

Y a-t-il quelqu'un dans votre vie ? Avant oui, mais plus maintenant.

Mon cerveau tourne à plein régime. J'ai envie de l'appeler. De le contacter pour lui dire que je suis fier de lui, mais comme il l'a dit lui-même, nous ne sommes plus ensemble.

Mon téléphone s'illumine et le visage de Marley apparaît sur l'écran.

— Salut, sœurette.

— C'était Alex, dit-elle sans même prendre le temps de me saluer. Le joueur de foot dont t'es amoureux ?

Il m'est impossible de lui mentir.

— C'est pas difficile à comprendre maintenant.

— Putain de merde. Je n'arrive pas à croire que le mec dont t'es amoureux c'est Alex Young.

— Vas-y, crie-le plus fort, dis-je en levant les yeux au ciel.

— C'est pas comme si t'avais encore besoin de le cacher.

— Argh. J'imagine oui.

J'ai protégé ma relation avec lui pendant longtemps, car je ne voulais pas aller trop vite ni lui porter la poisse. Mais désormais, il n'y a plus rien qui m'empêche de dire que j'étais amoureux de lui.

Sauf que tu l'as largué.

— Alex a fait son coming out.

Je n'arrive toujours pas à y croire. Peut-être que si je le répète plusieurs fois, ça finira par rentrer.

— Qu'est-ce que tu vas faire ? me demande-t-elle.

Ça, c'est la question.

Chapitre Trente-Et-Un

CARTER

— Comment tu peux être sûre qu'il a envie de me voir ? je chuchote dans mon téléphone.

Je suis devant la maison d'Alex depuis vingt minutes. J'ai été surpris de pouvoir entrer dans sa résidence fermée. Alex devait toujours appeler avant de me laisser entrer.

Je suis encore plus choqué que personne n'ait appelé la sécurité.

— Pourquoi il n'en aurait pas envie ? Il t'aime. Il a fait son coming out pour toi, dit Marley.

— On n'en sait rien, dis-je en secouant la tête.

— Alors pourquoi est-ce qu'il le ferait maintenant ?

Je l'entends presque lever les yeux au ciel à travers le téléphone.

— Ça veut forcément dire quelque chose, ajoute-t-elle.

Je soupire.

— Mais et si j'interprète mal ?

— Tu n'aurais pas le cœur brisé si tout ça n'était pas important, dit Marley.

C'est ma plus grande inquiétude. Avant qu'Alex et moi ne sortions ensemble, mon cerveau me disait que j'allais souffrir. Qu'il n'était qu'un autre joueur de foot dragueur qui n'en avait rien à faire de moi.

Alors quand j'ai appris qu'Alex n'avait toujours pas fait son coming out, ça m'a blessé. Du genre comme si on m'avait déchiré le cœur et qu'on l'avait piétiné. C'était une douleur que je n'avais jamais ressentie et que je ne pense pas pouvoir supporter à nouveau.

— Carter, entre. Tu vas te rendre fou si tu restes planté là et que t'analyses tout.

Je n'ai même pas le temps de lui dire au revoir qu'elle a déjà raccroché.

Tu peux le faire. C'est Alex. Tu l'aimes.

Je m'encourage mentalement, j'ouvre la portière de la voiture et je me dirige vers la porte d'entrée d'Alex. Je n'ai même pas le temps de frapper qu'il l'ouvre.

—Je me demandais combien de temps t'allais rester là.

Il me sourit d'un air triste.

C'est toujours le même Alex que j'ai connu, mais il y a quelque chose de différent chez lui.

— Oh, mon Dieu. Quelqu'un a appelé la sécurité ?

Je me retourne pour regarder derrière moi, mais ma voiture est à peine visible depuis sa porte d'entrée.

— La sécurité a appelé pour me demander si j'attendais quelqu'un. Ils voulaient s'assurer que ce ne soit pas quelqu'un qui n'avait rien à faire là.

— Super, je marmonne. Pile ce dont j'ai besoin. Qu'on me prenne pour un harceleur.

— Et si t'entrais ? me propose Alex en ouvrant la porte.

Fourrant mes mains dans les poches pour ne rien faire de stupide, comme de le prendre dans mes bras, j'entre dans sa maison.

Fermant la porte, Alex passe à côté de moi et se dirige vers le salon. Son parfum est léger et flotte légèrement dans l'air. Son tee-shirt gris moule ses épaules d'une façon qui me fait saliver. Et en voyant comment son jogging épouse ses cuisses, je suis prêt à dire merde et à l'emmener dans la chambre.

Mais cela ne résoudra aucun de nos problèmes.

— Donc tu as fait ton coming out.

Alex s'arrête. Ces mêmes épaules, que j'admirais un peu plus tôt, sont désormais pleines de tension.

— Tu vas droit au but, hein ?

— Tu préfèrerais qu'on discute un peu plus ? Comment tu vas ? Ben ça va pas trop. T'avais une sale tête dimanche, dis-je d'un ton pince-sans-rire. À ton tour.

Alex se retourne pour me faire face, haussant les sourcils vers moi.

— J'ai vraiment une sale tête ?

— C'est ça que tu retiens ?

Ah les athlètes. Ils se soucient toujours de leur physique.

— Oui. Pardon, dit-il en posant les mains sur ses hanches et je vois les respirations mesurées qu'il prend. J'ai fait mon coming out.

— T'as fait ton coming out.

Les yeux bruns d'Alex reflètent un torrent d'émotions. Ce sont toutes les émotions que j'ai ressenties ces dernières semaines. Mais aucun de nous ne dit rien.

J'ai terriblement envie de le serrer dans mes bras et de lui dire que tout ira bien, mais nous sommes bloqués dans un entre-deux étrange. Et ça ne me plaît pas.

— Pourquoi maintenant ? je chuchote, presque comme si le fait de perturber l'énergie de la pièce allait faire en sorte que tout ça ne soit pas réel.

Que je ne suis pas vraiment ici avec Alex.

Alex baisse les yeux, brisant la connexion.

— Je ne l'ai pas fait pour toi.

Ses mots me font l'effet d'un couteau dans le cœur. J'aurais aimé que ce ne soit pas le cas, mais si.

— J'imagine que je ferais mieux d'y aller, alors.

— Non, répond immédiatement Alex.

Il se rapproche de moi et prend ma main dans la sienne.

— Tu ne crois pas que je t'aurais appelé avant si j'avais fait mon coming out pour toi ?

— Alors pourquoi tu l'as fait ?

Alex me serre la main avant de se lancer.

— Hollins m'a traité de pédale.

— Vegas, c'est vraiment la pire équipe, hein ?

Il se met à rire et me serre la main.

— Je me suis défoulé sur lui.

— J'ai vu.

— Une fois que je me suis fait expulser du match, j'ai parlé en tête à tête avec ton père.

Je me fige.

— C'est vrai ?

— C'est comme si tout s'était accumulé en même temps et que je n'en pouvais plus. J'ai craqué. Il fallait que je le dise à quelqu'un.

Je lui serre la main.

— Ça a dû être très dur.

Il acquiesce en déglutissant.

— C'est vrai. Je ne voulais pas le faire pour toi parce que je ne voulais pas te mettre la pression pour que tu reviennes vers moi. Ça aurait encore été une très mauvaise décision après la situation pourrie dans laquelle je t'ai mise. J'ai été horrible avec toi.

Sa voix se brise et je ne réfléchis pas avant de l'attirer dans mes bras. Il sanglote contre moi.

C'est un soulagement de le sentir de nouveau.

— Même si je t'aime, je savais que c'était une décision

que je devais prendre pour moi. Le souffle d'Alex est chaud dans mon cou.

— Je sais que ça n'a pas dû être facile.

Je le serre plus fort contre moi.

Je nous fais reculer vers le salon et nous fais nous asseoir sur le canapé, sans rompre notre étreinte.

— En fait c'était même terrifiant.

Alex joue avec les boutons de ma chemise et sa voix est chargée d'émotions.

— Comment les autres membres de l'équipe l'ont-ils pris ?

Je promène mes propres mains sur son torse.

Mon Dieu, comme ça m'a manqué de le toucher.

— À peu près comme je m'y attendais. Colin et Peyton ont été formidables. Peyton a organisé l'interview avec le journaliste...

— Et moi qui pensais que tu n'aimais aucun journaliste, je l'interromps.

— Seulement parce que j'avais toujours peur qu'ils découvrent qui je suis réellement.

— Et maintenant que tu as fait ton coming out ?

— Finn a été super. Peyton veut qu'il fasse une autre interview dans quelques mois pour voir comment la ligue a réagi, mais il m'a aidé à raconter mon histoire avec facilité.

— Il y a eu des réactions ?

Je me doute bien que ce ne sera pas simple. Je n'imagine pas comment certaines personnes de la ligue prennent cette nouvelle. Cela fait partie des raisons pour lesquelles Alex n'assumait pas son homosexualité.

— À peu près ce à quoi on peut s'attendre. Certaines sont pires que d'autres.

— Laisse-moi deviner... Hollins ?

— C'est le pire de tous. Mais toute l'équipe a été super.

Et j'ai ignoré les informations. Si j'ai besoin de savoir quelque chose, Peyton m'en informera.

Je bouge sur le canapé pour faire face à Alex. Il a le regard vitreux.

— J'en étais sûr. Tu pensais qu'ils réagiraient différemment ?

Alex hausse les épaules et se remet à jouer avec les boutons de ma chemise.

— Oui. C'est une chose de dire que ça ne te dérange pas mais c'est une tout autre chose quand il s'agit d'un de tes coéquipiers.

— Si quelqu'un dit du mal de toi, je...

— Tu feras quoi ? demande Alex tandis qu'un sourire se dessine sur ses lèvres. Tu le frapperas ?

— Je pourrais essayer.

— Je trouve ça mignon que tu aies envie d'essayer, mais ils te briseraient comme une brindille.

— Hé ! dis-je en lui donnant une tape sur le torse. Je suis un peu vexé que tu penses que je ne fasse pas le poids.

— OK, Carter. Tu peux facilement battre un linebacker de cent-trente kilos. Sans problème.

— S'ils font du mal à l'homme que j'aime, alors oui.

— L'homme que tu aimes ? me demande Alex.

Cette fois-ci, c'est moi qui baisse les yeux. Je joue avec le col en V de son tee-shirt.

— Ce n'est pas parce que tu m'as brisé le cœur que j'ai cessé de t'aimer.

— Mais je t'ai fait du mal. Et je ne me le pardonnerai jamais.

— C'est vrai. Même aujourd'hui ça fait encore mal.

— Alors pourquoi tu es ici ? me demande Alex en m'attrapant le menton, me forçant à le regarder. Tu es juste venu me dire à quel point ça t'a fait mal que je te brise le cœur ?

— Non. Je suis venu voir comment tu allais.

— Et c'est tout ?

Repoussant Alex je me redresse. Son odeur enivrante est trop bouleversante pour que je lui parle de si près.

— Tu viens tout juste de faire ton coming out, Alex. Est-ce que tu es vraiment en état d'être en couple ?

Alex secoue la tête et je sens comme une boule de plomb s'installer dans mes tripes. Est-ce que je suis venu ici pour m'assurer qu'il allait bien, mais aussi pour voir où nous en étions ? Oui. Mais en secouant simplement la tête, c'est comme s'il me brisait de nouveau le cœur.

—Je ne suis pas en train de te dire non, Carter.

Alex saisit ma chemise dans son poing et m'attire plus près.

— Je ne pourrais pas être en couple avec quelqu'un d'autre que toi. C'est juste qu'il se passe beaucoup de choses en ce moment et pour une fois, j'ai envie d'être juste avec toi.

Je prends les joues chaudes et humides d'Alex dans mes mains.

— Alors, appuie-toi sur moi. Si tu passes une mauvaise journée, laisse-moi t'aider. Ce n'est pas toujours facile quand on est amoureux. Là, c'est un moment difficile pour nous.

— Tu as vraiment envie d'être avec moi après tout ce que je t'ai fait ?

— Tu ne comptes pas revenir sur ta déclaration, non ?

Alex secoue la tête.

— Certainement pas, même si c'était possible, je ne le ferais pas.

— Alors je serai avec toi à chaque étape. Ce sera notre nouvelle normalité, dis-je en nous désignant du doigt. Donc, toi et moi ?

Alex acquiesce, se rapprochant.

— Si tu veux bien de moi.

— Si je veux bien de toi…

Je lève les yeux au ciel et je réduis la distance qui nous sépare encore, écrasant mes lèvres sur les siennes.

Putain, ça m'a manqué. *Il* m'a manqué. Le frottement de sa barbe contre ma bouche me fait gémir de plaisir. Des mains puissantes me tirent sur ses genoux, son corps dur se pressant contre le mien.

C'est comme si nous n'avions jamais été séparés, et pourtant tout a changé. Je sais que ce sera un changement pour Alex de vouloir sortir en public ensemble, mais on ira doucement.

Parce que j'ai envie de vivre ça avec lui. Plus que je n'ai jamais voulu quoi que ce soit dans ma vie.

Alex s'écarte en premier, le regard brumeux.

— Tu n'imagines pas à quel point tu m'as manqué.

— Je crois que si.

J'enroule mes bras autour de son cou, plaquant mon front sur le sien.

— Je donnais des heures de colle à mes élèves pour tout et n'importe quoi.

— Aïe. On ne plaisante pas avec M. Brook.

— Je dirais plutôt avec Alex. C'étaient des sacrés coups de poing que t'as donnés à Hollins.

Alex grimace.

— Je n'en suis pas très fier.

— Si c'est ce qui t'a ramené jusqu'à moi, alors je l'autorise.

Se reculant, Alex m'attrape la nuque, pour m'attirer vers lui.

— Est-ce que je peux te dire que je t'aime pour de vrai maintenant ?

Je repense à ce jour où je l'ai repoussé. Je ne voulais pas l'entendre à ce moment-là. Pas quand il essayait de me garder pour de mauvaises raisons. Mais maintenant ? Oui, maintenant, je veux l'entendre.

— Tu peux.

Un sourire à couper le souffle se dessine sur ses lèvres.

— Je t'aime, Carter Brook. J'ai envie de passer chaque soirée avec toi, de me réveiller chaque matin et de prendre ma douche avec toi et écouter des boys band pendant qu'on se dispute pour des bandes dessinées et que tu me racontes des anecdotes horribles de l'école.

— Je t'aime, Alex Young, dis-je, la voix chargée d'émotion. J'ai envie de préparer le dîner avec toi, de danser dans le jardin avec toi, de me battre avec des fans de BD et de manger des frites au fromage dans des restaurants. Je veux tout vivre avec toi.

— Du coup, je t'ai fait changer d'avis sur les joueurs de foot ?

Je l'embrasse longuement et lentement. Nos langues se mélangent alors que nous nous dévorons de nouveau.

— Oh que oui, Monsieur le Quaterback.

Chapitre Trente-Deux

ALEX

— **V**ous êtes prêts les gars ?! hurle Knox.

— Oui, putain !

Les cris résonnent dans le vestiaire.

Nous y sommes enfin.

Le match de championnat de l'AFC.

Le match juste avant le Super Bowl.

Et nous jouons contre San Diego à domicile.

Je vais presque exploser tellement j'ai de l'énergie.

— OK, écoutez-moi tous ! crie le Coach Brook.

Tout le monde se tait tandis qu'il se place au centre du vestiaire.

— Un seul match. Concentrez-vous sur ce match. Ne pensez pas à l'après. Je veux que vous jouiez comme d'habitude. San Diego est une très bonne équipe, mais si on s'en tient à nos stratégies, il n'y a rien que nous ne pourrons pas accomplir en tant qu'équipe.

Je suis entre Colin et Jackson et j'observe le vestiaire. Chaque homme présent s'est battu toute la saison. Nous sommes une équipe gagnante, toujours au top, donc nous avons l'habitude.

Mais lorsque j'ai fait mon coming out, la pression médiatique autour de l'équipe était trop importante. Au lieu de se focaliser sur l'équipe et son palmarès, on parlait de moi.

Je l'avais anticipé, mais ça a été dur pour les gars.

Même avec une défaite à la fin de la saison, nous sommes là.

Il ne reste plus qu'un match à jouer.

— Qui sommes-nous ? s'écrie Knox en s'avançant au centre de la pièce.

Nous répondons par un rugissement :

— Les Mountain Lions !

— À qui appartient cet emblème ? hurle de nouveau Knox.

— À nous !

— Alors, allons le protéger !

Personne ne reste silencieux alors que nous crions tous à pleins poumons en quittant le vestiaire. Tout le monde tape sur le logo des Mountain Lions avant de se réunir pour courir sur le terrain en tant qu'équipe.

Nos respirations s'évaporent autour de nous sous le froid de la fin du mois de janvier. Il est tombé trente centimètres de neige sur la ville hier, mais ça n'a pas empêché nos supporters de venir. Jouer devant son public, c'était exactement ce que nous voulions.

Et il y a une personne pour qui j'ai particulièrement hâte de jouer.

Carter.

Je pense à lui durant la cérémonie d'avant-match.

Jackson et Colin m'ont toujours dit qu'ils jouaient bien mieux lorsque Tenley et Peyton étaient dans les gradins. Combien ils ont envie de les rendre fières.

Je ne l'avais encore jamais compris jusqu'à présent.

Comme ce match est très important, j'ai envie de

rendre fier Carter. J'ai envie qu'il crie : « C'est mon petit ami ! » depuis les tribunes.

Ça paraît bête, mais depuis que j'ai fait mon coming out, j'adore le voir porter mon numéro à chaque match à domicile.

Et celui-ci n'est pas différent.

Knox et Colin participent au tirage au sort et San Diego gagne.

Je mets mon casque et je suis prêt.

Prêt pour le plus grand match de ma carrière.

Allons-y, putain.

C*ARTER*

— J*E* C*ROIS* que je vais être malade.

San Diego fait la fête sur la ligne de touche. Ils ont exécuté une passe Hail Mary[1] chanceuse et Denver a perdu.

À un match du Super Bowl.

— Viens. On va les attendre dans la suite familiale pour les voir, dit maman en passant un bras autour de moi.

— Ils ont perdu, je chuchote en me tournant vers elle. Qu'est-ce qui va se passer maintenant ? Et si je lui ai porté la poisse et qu'il me déteste ?

J'ai l'impression d'avoir de nouveau cinq ans et d'avoir besoin de ma mère. Elle a déjà connu ça avec mon père. Je sais ce qui va se passer ensuite. Mais je ne sais pas ce qui m'attend quand je verrai Alex.

J'ai déjà été là pour lui après des matchs difficiles, mais rien de tel.

— Tu ne portes pas la poisse, Carter. C'est juste que ce

n'était pas leur heure. Sois là pour lui. Dis-lui que tu l'aimes. C'est tout ce que tu peux faire.

Elle m'embrasse sur la joue et nous suivons Marley hors de la suite et jusque dans l'ascenseur.

Le son morose des soixante-seize mille supporters quittant les tribunes pèse lourd lorsque les portes de l'ascenseur s'ouvrent au sous-sol.

Les médias s'attardent dans le hall en béton alors que les joueurs commencent à se diriger vers les vestiaires. Quand je vois ces yeux tristes et déprimés que j'aime tant, je ne réfléchis pas.

— Alex ! je crie.

Il tourne la tête vers moi et court dans ma direction avant de me serrer dans ses bras. Je me fiche qu'il soit froid, transpirant et couvert de saleté. Je le serre aussi fort que possible.

— On a perdu, dit-il, sa voix se brisant, me brisant presque moi aussi au passage. On a perdu.

— Je sais, je chuchote contre son oreille, passant une main dans ses cheveux.

J'entends le bruit des appareils photo autour de nous, mais je m'en fiche. L'homme dans mes bras est sur le point de craquer.

Et ce n'est pas loin de me briser le cœur.

— C'est juste que… je pensais qu'on allait y arriver.

— Je sais, je répète.

Mon Dieu, pourquoi je ne trouve rien à lui dire pour le consoler ?

— On y était presque.

Cette fois-ci, Alex craque. Des larmes chaudes me picotent le cou et je lutte pour ne pas craquer à mon tour.

Il faut que je sois fort pour Alex.

Car même si c'est un jeu, c'est toute sa vie. C'est son travail.

Et ça compte énormément pour lui. Et les supporters.

Le fait d'avoir perdu, si proche du Super Bowl risque de le contrarier pendant longtemps.

— J'imagine que le Dieu du foot préfère que ce soit San Diego qui gagne.

Je le fais rire.

— Ça ne me réconforte pas.

Alex s'écarte, les yeux rouges et humides.

— Je sais. Je suis très mauvais pour ça, dis-je en essuyant ses larmes. Tu as fait tout ce que tu as pu. Tu t'es tellement battu cette saison, et même si vous n'avez pas gagné…

Alex m'interrompt.

— Ça ne m'aide toujours pas.

Je me penche vers lui et l'embrasse.

— Alors, arrête de m'interrompre.

— Tu disais ?

Il plaque son front contre le mien.

— Je disais que même si vous n'avez pas gagné, cette saison était quand même importante. Tu as fait ton coming out. Avant tu étais un modèle et aujourd'hui tu inspires beaucoup de jeunes. Alors oui, vous n'avez pas gagné aujourd'hui, mais je sens au fond de moi que tu vas bientôt soulever ce trophée.

Un feu brûle désormais en moi. J'y crois. Je suis persuadé qu'Alex et les Mountain Lions gagneront un Super Bowl.

— Peut-être deux ou trois dans les six prochaines années ? dit Alex en riant et en essuyant ses dernières larmes.

— C'est très spécifique, mais OK.

— C'est ce qu'a dit un de tes élèves.

Je lève les yeux au ciel.

— Tu as choisi d'écouter les lycéens maintenant ?

— En attendant, c'est grâce à eux qu'on est ensemble.

Alex se rapproche de moi et effleure mes lèvres d'un baiser tendre.

Le Alex d'il y a six mois n'aurait jamais fait ça. Même le Alex d'il y a deux mois aurait détesté l'idée.

Et aujourd'hui il en est là. Il prend ce dont il a besoin.

Et je lui donne.

Je canalise tout ce que je ressens pour lui dans ce baiser trop bref à mon goût.

Les cris autour de nous nous sortent de notre bulle. Les flashs des appareils photo sont aveuglants et le présent nous revient en pleine figure.

— J'aurais dû penser à la foule, dit Alex en rougissant, mal à l'aise.

Nous sommes ensemble depuis l'article, mais ça ne veut pas dire qu'il est à l'aise avec les démonstrations d'affection en public. Surtout une aussi intime que celle que nous venons de partager.

— Je ferais mieux de retourner au vestiaire.

La tristesse est de retour.

— Je t'attends.

La lèvre d'Alex tressaute et cela m'anéantit. Je déteste le voir comme ça.

— Merci.

Je le serre de nouveau dans mes bras.

— Tu n'as jamais à me remercier d'être là pour toi. Je t'aime. Cela ne changera jamais. Que tu gagnes ou que tu perdes. Je serai toujours à tes côtés.

— Tu vas encore me faire pleurer, dit Alex en s'éloignant. Je t'aime aussi.

Alex disparaît au milieu de ses coéquipiers alors que ceux-ci retournent au vestiaire.

Toutes les craintes que j'avais de voir Alex paniquer disparaissent.

Car l'homme que j'aime s'est accroché à moi comme si sa vie en dépendait. Comme si j'étais son ancre dans la tempête.

Et une fois dans les bras de mon quaterback tendre fan de boys band et de bandes dessinées, je n'échangerais ma place pour rien au monde.

Épilogue

— Je pourrais vivre ici.

— Le foot ne te manquerait pas ?

Carter m'attrape la cheville et attire mon corps engourdi vers lui.

— En tout cas, je n'aurais pas mal partout tout le temps, ça, c'est sûr.

Le soleil continue de descendre vers l'horizon. Le doré et le rose se reflètent sur l'océan.

Après une défaite crève-cœur lors du match de championnat de l'AFC, Carter nous a réservé une semaine au Mexique. Il a mis en place une règle stricte anti-télévision pour que je ne puisse pas entendre ce que les analystes disent sur la défaite des Mountain Lions en phases éliminatoires.

Pour la deuxième année consécutive.

— Je vois d'autres façons de te donner des courbatures.

— Ah oui ?

Je remonte mes lunettes de soleil en enroulant les jambes autour de lui. Il a la peau rose après avoir passé la journée au soleil.

— Tu pourrais peut-être être entraîneur de foot ici et moi je pourrais enseigner. Juste toi et moi.

— Hmm. Ça me plaît.

J'attire Carter plus près et je caresse ses lèvres des miennes, goûtant la saveur de sa piña colada.

— Sauf que tu deviendrais fou à lier, ce qui est dommage.

Carter descend ses mains plus bas. Cela me provoque un choc électrique. Même après tous ces mois, j'aime avoir encore cette réaction face à lui.

Et que je puisse être comme ça avec lui.

Je n'avais jamais envisagé que cela puisse être ma vie. Je pensais vivre dans le secret jusqu'à ma retraite. Mais j'imagine qu'il a suffi d'un homme pour changer tout ça.

Ça n'a pas toujours été simple, mais Carter était à mes côtés tout le long. Pour les bons et les mauvais moments.

La photo de nous deux après le match a fait la une des journaux. J'imagine que le fait que mon petit ami me console était une information de la plus haute importance.

— T'as raison, je soupire. Mais c'est bien de rêver, non ?

Carter repousse une mèche de cheveux derrière mon oreille. Ses yeux sombres sont rivés sur les miens.

— On pourrait revenir ici pour la lune de miel.

Je penche la tête en arrière et éclate de rire.

— Donc tu es d'accord pour dire que la nuit dernière c'était une vraie demande en mariage ?

— Je n'ai jamais imaginé que c'était comme ça qu'on me demanderait en mariage, mais je suis d'accord.

— Oui ! dis-je en levant le poing en l'air, l'alcool coulant dans mes veines. Tu vois, je t'avais dit que c'était romantique.

— C'était seulement romantique parce que ça venait de toi.

Je sais qu'il aimerait être plus agacé qu'il ne l'est en réalité.

— Excusez-moi, messieurs. Mais votre table est prête, interrompt l'un des serveurs.

— Notre table ?

Je me tourne vers Carter.

— On arrive, merci.

Carter hoche la tête dans ma direction.

— Allez, viens. On ne voudrait pas être impolis et les faire attendre.

J'écarte mes jambes de sa taille et je le suis hors de la piscine.

Prenant une serviette, je m'essuie du mieux que je peux.

— Est-ce qu'on est habillés correctement pour dîner au moins ?

Carter me jette ma chemise.

— Oui, ça ira. Maintenant, arrête de poser des questions.

Prenant sa main dans la mienne, je suis Carter en direction de la plage. Pour une fin janvier, c'est relativement calme ici. Le sable est encore chaud. J'aperçois soudain une pergola sous laquelle se trouve une table pour deux personnes.

— Qu'est-ce que c'est que ça ?

Je force Carter à s'arrêter devant la table. Des guirlandes lumineuses sont enroulées autour des poteaux et une bouteille de champagne est posée dans un seau à glace. Les vagues se rapprochent du rivage à mesure que la marée monte.

Carter hausse les épaules.

— Je voulais faire quelque chose de spécial pour toi. Je sais que ces dernières semaines n'ont pas été faciles, alors voilà…, marmonne Carter en agitant la main en direction de l'installation.

— Le simple fait d'être ici avec toi est déjà assez spécial.

Carter me prend dans ses bras.

— Je sais. Entre ton coming out, toutes les interviews et les playoffs, tu n'as pas arrêté. Alors j'espère que ce voyage est la pause qu'il te fallait.

J'enfouis mon visage dans le cou de Carter, essayant de ne pas me laisser dominer par mes émotions.

Il sent l'océan et la crème solaire.

— Merci. D'être aussi incroyable et de m'aimer comme personne d'autre ne pourrait le faire.

— Tu n'as pas à me remercier, souffle chaudement Carter contre mon oreille. Je t'aime, Alex. Et je t'aimerai aussi longtemps que possible.

— Ça va être très long alors.

— Tant mieux. Parce que j'en ai bien l'intention.

Le simple fait de sentir ses lèvres contre mon cou fait bouillonner mon sang. J'embrasse chaudement et progressivement sa nuque, reproduisant exactement ce qu'il me fait. Je le serre plus fort contre moi, ne voulant pas rompre la connexion.

— Même si j'adorerais continuer de faire ça avec toi, je pense que ce serait un peu inapproprié ici.

— Pourquoi t'es si raisonnable, je gémis.

— Il faut bien que l'un de nous le soit.

Carter me pousse vers la table tout en s'asseyant.

Tout sent incroyablement bon – on nous sert environ trois sortes de viandes différentes, des légumes et des sauces, ainsi qu'un pichet de margarita en plus du champagne.

— Ils se sont surpassés.

Carter me tend une flûte de champagne.

— Effectivement. Et je ne leur ai même pas dit que nous célébrions quelque chose ce soir.

— Eh bien, je suppose qu'on devrait porter un toast, puisque c'est désormais un repas de fête impromptu.

— C'est toi qui es doué pour les discours, capitaine. Je t'en prie.

Carter pose le coude sur la table en se penchant vers moi en levant son verre.

— À l'homme que j'aime. J'espère qu'on ne se lassera jamais l'un de l'autre. Que même lorsqu'on sera vieux et grisonnants, on ira toujours à des conventions de bandes dessinées ensemble. Qu'on continuera d'aller au restaurant et de faire quelques voyages ici. Et avec un peu de chance, on aura quelques enfants qui courront de partout et que l'on s'amusera à poursuivre.

Carter a les yeux humides.

— Ça a l'air putain d'incroyable.

Je trinque avec lui.

— À nous. À toi et moi et cette vie incroyable que nous allons vivre ensemble.

— À nous.

Carter boit son champagne, puis repose son verre.

— Mais tu as oublié quelque chose.

— Ah oui ? Quoi ? dis-je en haussant les sourcils.

— Une bague de champion.

Je frappe immédiatement du poing sur la table.

— Non, tu vas nous porter la poisse !

— Non. Comme l'a dit Austin, les Mountain Lions vont gagner deux Super Bowl dans les prochaines années. Attends de voir.

— Tant que tu es là à mes côtés lorsque je soulève le trophée.

—Je ne vais nulle part, cher futur mari.

Mon Dieu. Qu'est-ce que je l'aime mon petit joueur de foot.

Épilogue bonus

CARTER

— Eh ben dit donc, t'es en forme.

— Je n'y peux rien si t'es trop beau avec ton maillot de bain.

Alex est contre mon dos et me déconcentre tandis que j'essaie d'entrer dans notre chambre d'hôtel. Des lèvres chaudes m'embrassent dans le cou.

— On ne devrait vraiment pas faire ça ici.

Je penche la tête sur le côté, lui offrant un meilleur accès alors que la petite lumière rouge clignote à nouveau.

— Alors, ouvre la porte.

Alex tend la main vers moi et ses doigts caressent la ceinture de mon maillot.

— Peut-être que si tu n'étais pas en train de me toucher, je pourrais me concentrer.

La lumière rouge clignote deux fois avant de passer enfin au vert.

— Dieu merci.

En poussant la porte, je me retourne, accordant toute mon attention à l'homme musclé qui se trouve derrière moi. Mes lèvres se heurtent aux siennes dans un baiser brutal, où nous luttons tous les deux pour prendre le contrôle.

Ses lèvres ont le goût de la piña colada qu'il buvait au bord de la piscine tout à l'heure. Mes doigts descendent le long de ses abdominaux, caressant chaque courbe.

— Tu sais que c'est injuste que tu sois autorisé à te mettre torse nu comme ça.

Il est secoué d'un rire.

— Alors comment est-ce que je peux me faire pardonner ?

Je recule, l'observant. Cela ne fait pas longtemps qu'il fait partie de ma vie, mais je crois que je ne me lasserai jamais de l'homme devant moi.

Depuis qu'il a fait son coming out, ces dernières semaines ont été complètement folles, mais je suis content que nous ayons enfin du temps pour nous.

Surtout avec ce que je m'apprête à lui proposer.

— Ça te dit un petit jeu de rôle ?

L'atmosphère de la pièce change soudain. Alex se rapproche de moi, attrapant mon tee-shirt dans son poing pour m'attirer vers lui.

— Qu'est-ce que tu as en tête ?

Un sourire m'étire les lèvres tandis que je nous fais reculer dans la chambre.

— Sur le lit. Les mains près de la tête de lit.

Alex s'exécute sans dire un mot.

En le voyant ainsi étalé devant moi, j'imagine tout ce que je pourrais lui faire. J'attrape ma ceinture sur la chaise, je contourne le lit et j'attache rapidement ses mains à la tête de lit.

— Je crois que ça va me plaire, dit Alex d'une voix grave.

— Je n'en doute pas, dis-je en l'embrassant rapidement. Je reviens dans une minute.

Je trouve ce dont j'ai besoin et je file dans la salle de bain, laissant la porte se fermer derrière moi. Même si j'aurais aimé qu'on ne soit pas ici, je suis content qu'on soit ensemble. Je sais qu'il aurait préféré s'entraîner pour le Super Bowl et quand j'ai lu la déception dans ses yeux, c'était comme un poignard en plein cœur. Il essaie de ne pas montrer à quel point ça l'affecte, mais je le sais. Je le vois bien quand il croit que je ne le regarde pas.

C'est pour ça que j'espère que ce petit costume sera une distraction parfaite pour lui.

Arrangeant mes cheveux dans le miroir une dernière fois, j'ouvre grand la porte et je croise immédiatement le regard d'Alex.

— T'as besoin qu'on te sauve ?

Je hausse les sourcils en voyant ses yeux s'écarquiller tandis qu'il m'observe.

— Oh putain.

Je ne manque pas de remarquer que son sexe grossit sous son short de bain. Ni sa façon de se lécher les lèvres.

Faisant un pas vers le lit, je fais glisser un doigt le long des muscles définis de sa jambe, observant la chair de poule que je provoque.

— T'aimes ce que tu vois ?

— Putain, oui.

Alex ne m'a pas quitté des yeux. Me laissant retomber sur le matelas, j'écarte ses jambes et me glisse entre elles.

— Assez pour me laisser te sauver ?

— Oui. Mon Dieu, oui. Si on était mariés, je te laisserais faire ça tous les jours de toute notre vie.

— Quoi ?

En entendant ces mots, je me fige net.

— Quoi quoi ? demande Alex en me regardant d'un air perplexe.

— T'as pas entendu ce que tu viens de dire ?

Il se lèche les lèvres.

— Que je voulais que tu me fasses ça tous les jours…

— Si on était mariés, je termine pour lui.

— Je n'ai pas….

Il comprend soudain.

— Merde, continue-t-il. Tu peux me détacher. Ce n'est pas tout à fait comme ça que j'ai envie d'avoir cette conversation.

— Ah oui. Pardon.

Je me précipite sur le lit et défais les liens.

Alex se redresse, s'approchant de moi.

— Ce n'était pas vraiment ce que j'avais l'intention de dire. Tu flippes ?

Je n'ai même pas le temps de lui répondre qu'il le fait à ma place.

— C'est pas grave. Tu peux oublier ce que j'ai dit et on peut reprendre là où on s'est arrêtés.

— Tu crois vraiment qu'on va pouvoir faire comme si de rien n'était après ce que tu viens de dire ?

— Euh, oui ? dit-il, hésitant.

J'ai l'esprit en ébullition. Ça ne fait pas si longtemps que nous sommes ensemble. Encore moins longtemps depuis qu'il a fait son coming out.

Mais ce que je n'avais pas envie d'entendre c'est : « *Tu peux oublier ce que j'ai dit* ».

Car désormais, l'idée de lier ma vie à celle d'Alex – pour toujours – me fait vraiment réaliser ce qu'il vient de dire et quelque chose grésille dans mes veines.

— Et si je n'ai pas envie d'oublier ?

— T'es sérieux ?

— Je ne pense pas que ça compte comme une vraie demande en mariage, mais l'idée qu'on se marie… – je nous désigne tous les deux du doigt. Eh bien j'adore cette idée.

— C'est noté.

Alex passe les mains derrière ma tête et m'attire vers lui. Nos corps s'alignent parfaitement – comme ils l'ont toujours fait.

— Alors qu'est-ce qui pourrait compter comme une vraie demande en mariage ? me demande-t-il.

— Je ne serais pas contre un peu de vin et un petit dîner. Peut-être en écoutant notre musique préférée ?

Alex se penche vers moi, m'embrassant chaudement.

— Est-ce que ça veut dire que c'est un non ?

— Non, mais je te dirai oui quand tu me feras une vraie demande en mariage. Est-ce qu'on va vraiment raconter aux gens que tu as dit que tu voulais te marier avec moi sur un coup de tête alors que tu étais à moitié nu et que j'étais habillé en Superman avant de faire l'amour ?

Alex s'esclaffe.

— On n'est pas obligés de dire aux gens que c'est comme ça que ça s'est passé. On peut simplement raconter que j'ai fait ma demande au Mexique, ça marche aussi très bien.

Je me recule, à califourchon sur ses hanches. Son sexe est toujours aussi long et dur sous moi.

— Alors tu devrais peut-être retravailler ta demande.

— Peut-être que je devrais attendre jusqu'à ce que tu reconnaisses que c'était une vraie demande.

Je souris à l'homme en dessous de moi.

— Tu veux vraiment tester cette théorie ?

Je me penche plus près, mes lèvres à quelques centimètres des siennes.

— Je sais que tu n'aimes pas le *edging*, et là, ce serait de la pire des manières.

— Je te déteste, grommelle-t-il.

— Non vraiment, Alex. C'est la meilleure demande en mariage au monde. Ta plus belle œuvre.

Alex nous retourne et j'ai désormais le dos contre le matelas.

— Donc, normalement tu devrais simplement dire oui pour mettre fin à mes souffrances.

Je passe la tête le long de son torse et j'attrape ses hanches, le rapprochant de moi. Son membre dur effleure le mien.

— Je ne sais pas si je vais mettre fin à tes souffrances, mais je vais certainement te faire quelque chose.

Alex m'arrête, sa main se posant sur mon cœur.

— Blague à part, je t'aime. Si tu veux une fanfare dans les rues de Denver ou que je te demande en mariage après avoir enfin gagné le Super Bowl, je te donnerai tout ce que tu veux. Parce que tu mérites tout ça.

Je ne sais pas comment j'ai cru pouvoir vivre sans cet homme. Même ces quelques semaines sans lui étaient de trop.

— Je t'aime, Alex. Tellement. Je n'ai pas besoin qu'on étale notre amour de façon gênante. J'ai simplement besoin de toi.

— Et je serai toujours là pour toi.

Il m'embrasse longuement, de quoi me faire perdre la tête. Tout semble ralentir autour de nous et il n'y a plus que nous deux, ensemble. Le monde extérieur ne nous distrait pas. On ne parle pas des Mountain Lions qui n'ont pas pu aller jusqu'au Super Bowl ou de si Alex a posé problème à son équipe après avoir fait son coming out. Tout ça n'est qu'un bruit de fond alors que nous sommes ici ensemble.

Alex rompt notre étreinte, ses yeux pleins de désir. Ses lèvres gonflées esquissent un sourire qui me donne envie de le faire disparaître avec un baiser.

— Bon, on peut reprendre là où on en était ? Quand tu venais me sauver ?

Du même auteur

Les Lions de Denver

Sur la touche

Passe offensive

Remise en jeu

Autres titres en anglais par Emily Silver

Colorado Black Diamonds Hockey

Best Kept Secret - coming March 7

Best Laid Plans - coming April 18

Best of the Best - coming July 31

Best of Both Worlds - coming October 31

Dixon Creek Ranch

Yours to Take

Yours to Hold

Yours to Be

Yours to Forget

Yours To Lose

Yours To Love - a newsletter freebie

The Denver Mountain Lions

Roughing The Kicker

Pass Interference

Sideline Infraction

Illegal Contact

The Big Game

Standalones

Off the Deep End — a MM sports romance

The Highland Escape - coming August 15

Merry in Moose Falls - coming November 21

The Ainsworth Royals

Royal Reckoning

Reckless Royal

Royal Relations

Royal Roots

Royal Ties

The Love Abroad Series

An Icy Infatuation

A French Fling

A Sydney Surprise

Love Under An Italian Sky - a newsletter freebie

Get the trope guide on my website, or

scan the QR code to read all my books on Kindle Unlimited

À propos de l'auteur

Après avoir remporté une récompense pour jeunes auteurs au primaire, Emily Silver a décidé de devenir écrivain. Elle adore les héroïnes fortes et les hommes merveilleux qui tombent amoureux d'elles.

Fervente amatrice de romances, Emily a commencé à écrire des livres qui se déroulent dans différents lieux du monde entier. Grande voyageuse, elle a visité les sept continents et fait le tour du monde.

Quand elle n'écrit pas, Emily est souvent sur son porche en train de siroter des cocktails, de lire toutes les histoires d'amour qui lui tombent sous la main et de planifier sa prochaine grande aventure !

Retrouvez-la sur les réseaux sociaux pour rester informés de toutes ses aventures et ses prochaines parutions !

Notes

Chapitre 1

1. Code de départ pour indiquer la stratégie à suivre.
2. Tournoi final à élimination directe également appelé série éliminatoire ou « playoffs ».
3. Le court conciliabule que tiennent les joueurs de l'équipe à l'offensive juste avant un essai, et au cours duquel le quart-arrière annonce la stratégie pour le jeu qui va suivre.

Chapitre 6

1. Porteurs de ballon

Chapitre 7

1. Interception remontée pour le *touchdown* (TD) et qui rapporte 6 points.

Chapitre 9

1. Chaîne sportive

Chapitre 11

1. C'est l'acronyme de l'anglais pre-exposure prophylaxis (prophylaxie pré-exposition). Prophylaxie = éviter une infection. Pré-exposition = le traitement doit démarrer avant (et se poursuivre après) un éventuel contact avec le VIH.
2. Pratique sexuelle qui consiste à amener son ou sa partenaire proche de l'orgasme en maintenant cet état d'excitation sexuelle assez longtemps avant de déclencher un orgasme amplifié.

Chapitre 12

1. Chanson de O-Town qui signifie « Rêves liquides ». Jeu de mot pour insinuer qu'il a fait des rêves torrides.

Chapitre 22

1. Lorsque le joueur tente de garder la balle en passant à travers l'équipe adverse.
2. Boisson énergétique américaine.
3. Terme employé pour désigner le football qui n'est pas du football américain.

Chapitre 25

1. Joueurs les plus éloignés de la ligne d'engagement. Ils ont pour rôle la couverture des passes longues et des courses ayant réussi à franchir les deux premiers rideaux défensifs.

Chapitre 26

1. Quand l'attaque ne fait que 3 jeux et doit rendre le ballon à son adversaire.

Chapitre 32

1. Une passe Hail Mary est une très longue passe avant dans le football américain, généralement faite en désespoir de cause, avec une chance exceptionnellement faible d'être complétée.